U0829066

荒原上的石油河

第五届中国石化诗歌大赛获奖作品集

中国石油化工集团有限公司作家协会 编

中国经济出版社
CHINA ECONOMIC PUBLISHING HOUSE

图书在版编目（CIP）数据

荒原上的石油河 ：第五届中国石化诗歌大赛获奖作品集 / 中国石油化工集团有限公司作家协会编. -- 北京 ：中国经济出版社，2024. 11. -- ISBN 978-7-5136-7944-2

Ⅰ. I227

中国国家版本馆 CIP 数据核字第 2024NG0526 号

策划编辑　崔姜薇
责任编辑　郭书芳
责任印制　马小宾
封面设计　李　军

出版发行　中国经济出版社
印 刷 者　北京艾普海德印刷有限公司
经 销 者　各地新华书店
开　　本　710mm × 1000mm　1/16
印　　张　15.5
字　　数　140 千字
版　　次　2024 年 11 月第 1 版
印　　次　2024 年 11 月第 1 次
定　　价　78.00 元
广告经营许可证　京西工商广字第 8179 号

中国经济出版社　**网址** http://epc.sinopec.com/epc/　**社址** 北京市东城区安定门外大街 58 号　**邮编** 100011
本版图书如存在印装质量问题，请与本社销售中心联系调换（联系电话：010-57512564）

版权所有　盗版必究（举报电话：010-57512600）
国家版权局反盗版举报中心（举报电话：12390）　　服务热线：010-57512564

编 委 会

（以姓氏笔画为序）

马　行　王刚毅　王如涛

王劲松　龙泰良　丛松彪

吕志强　刘加骥　李旭华

吴文奇　邹元辉　宋红妮

张建国　施长春　贾良军

蔡廷永

前言

为深入学习贯彻习近平文化思想，习近平总书记在中国文联十一大、中国作协十大开幕式上的重要讲话精神，视察胜利油田重要指示精神，石化作协组织了“第五届中国石化诗歌创作大赛”。

活动自2023年6月中旬开展以来，石化系统的作家和文学爱好者踊跃投稿，至截稿日期，共收到20个单位的233篇征文稿件。经评委会评审，胜利油田樊俊利的《雪花和诗歌在大漠上飞（组诗）》等15（组）首作品荣获一等奖，胜利油田李滨的《从卡日曲到入海口（组诗）》等20（组）首作品荣获二等奖，胜利油田段昌萍的《一位石油工人叫老杨（外一首）》等26（组）首作品荣获三等奖，荆门石化彭娇妍的《风雨兼程石化人》等27（组）首作品荣获优秀奖。

P R E F A C E

获奖作品主题鲜明，题材丰富，生动讲述了“爱我中华、振兴石化”“为美好生活加油”的价值理念和感人事迹，全方位、多角度彰显了广大石化员工的先进性、模范性和永葆初心的精神风貌。

中国石油化工集团有限公司作家协会

二〇二三年十月二十五日

目　录

雪花和诗歌在大漠上飞（组诗）

樊俊利（胜利油田）

戈壁小站，狗也成了哑巴

黑黢黢、胖乎乎
钻石般的眼睛，像两只明亮的灯
石油人的小黑狗
跟着头发花白的采油工
来到千里之外，戈壁的新家：
一栋板房，一辆电动三轮车，四口油井

最近的油井隔着十五公里，两小时巡视一次
小黑狗一直陪着，成为不拿工资的员工

没有绿，没有水
没有通讯信号
没有，温暖的亲情

有狐狸，有蜱虫，有野狼
还有，时间的骨灰
埋藏在一粒粒沙砾

冷不丁会看到几根白骨
采油工说：那就是前世的我！

夜深了，天上没有一颗星星
地上没有一盏灯
板房明亮的窗户，是戈壁
跳动的心脏

戈壁滩一发酒疯，沙尘暴就来临
小黑狗被采油工紧紧揣着
安静下来，它会帮着主人
挖挖鼻孔、掏掏耳朵

孤独与寂寞疯长
黑狗伴着主人，钻进厚厚的夜
他大声哭喊，它也跟着汪汪
“当太阳掉下，地狱就会浮上来！”

以后，采油工不哭了
眼神被拉成直线
小黑狗也成了哑巴

会飞的戈壁石

一块戈壁石，长着翅膀
也长着双脚

它会跟着铁树，飞
伴着红工衣的身影，跑

静下来的时候，它将深深扎下根
风拽，她不走
雪埋，她不走
黑黑的夜里，与一颗明亮的星星
说着悄悄话

就连沉睡，也要瞪着眼睛
小小的耳朵一直竖起，把梦支着
趴伏在大地
弓着背，把伤痛埋下

花开的时候，戈壁笑了

天山蠕动，白羊觅草
火焰山点亮日头

孙大圣拔下一根猴毛
一吹，茫茫戈壁
突然，有了这片花海

花开的声音，敲碎了荒凉

一片片红啊，一片片黄

一朵牵着一朵，一朵偎依着一朵
红扑扑、粉嘟嘟的脸蛋儿
微笑溢满酒窝
像一群美丽的维吾尔族姑娘
摇曳着身姿，脖子扭动
向我抛着火辣辣的媚眼

吞下沙粒，沐浴烈火
埋藏在厚重的积雪，骨骼依然发烫
眼泪顺着月光，爬到弯弯的月亮

地窝窝里钻出的垦荒战士
已站立成钻天的白杨
锈迹斑斑的钟声，在树梢上回荡

如今，相隔万里
我望着你，你望着我
擦肩而过
是人生最痛的伤

想家的时候，我转身望一望天山

一只鹰，飞走了
朝着家的方向
我转身，望一望天山

白巾裹头，多像我
梦中的母亲
边走边琢磨着心事
一不小心，顶破了天
风漏了下来

经幡呼啦啦，转经筒飞转
三千里的信徒，叩头，匍匐
绳索般的路
一头系着天堂，一头拴着

虔诚的魂灵

黄羊低头觅草，骆驼抬头
打着响鼻，驼铃抛出
一根根悠悠的长线

抽油机就是隐遁的佛
默默地诵经
又一只雄鹰，飞起
盘旋。我血管里的石油啊
汩汩作响

诗和雪花一起飞

诗歌的脚步，比大年
提前到达
毛茸茸的雪花，是断翅的白蝶
一朵，牵着一朵
雪在飞，诗在飞
在浓厚的睫毛、直挺的鼻梁
喘着热气的嘴唇，以及
跳动的心上
站立、舞蹈、歌唱

古尔班通古特大沙漠，零下 30 度
大风吹来，梭梭摇摇晃晃
想家的黄羚羊
迷失了方向

雪花盖不住脚印
抽油机与板房，松软的绳索
系着
一些诗歌飞起，一些星辰飘落
一个个火红的身影，多像
点燃的红蜡烛
跳动的火苗，遥望着家乡

SCG2107 勘探队的旗帜呼啦啦
谁的骨骼与骨骼碰撞
似钢铁在敲打
清脆，响亮

抽油机开出格桑花

咀嚼一把，天山顶上的白雪
把风擀成面条
再炒一盘芨芨草
与失眠的月亮
说说悄悄话，让调皮的星星
揪揪耳朵

月光下，古铜色的长脸
开着，一朵
会唱歌的格桑花

摇晃的阿拉德之夜

魔鬼城的鬼蜮，蠢蠢欲动
野骆驼关紧，栅栏的大门
沙鼠钻进深洞

微笑的星辰，闭上了嘴巴
狂风一吼，哗哗落下
一枚枚玉石，镶嵌在戈壁
书写着边塞的诗行

河流跑了，把炽热的爱情
擦得一干二净

沙粒跑了，射出无情的子弹
风口上的铁皮房，被剥去了工衣
像袒胸露背的石油汉子

中枪的铁树，顶天的拴马桩
拴住逃亡的山、迷路的黄杨
再多的沙尘，也没有迷住眼睛

今夜，阿拉德多么幸运
铁皮房里住进两位石油诗人
他们捡起几枚戈壁石
放进随身携带的日记

沙尘暴为戈壁打开了翅膀

沙尘暴打开了戈壁的翅膀
飞向地狱，飞向天堂

七月，拽一下黄色的绳索
太阳像一顶风筝，跌落许多

铁树的叶子被一一吹落
孤零零的躯干，直挺挺站立
不低头，也不说话

像一枚银针，扎下

一棵胡杨死了，但它还活着

选择了大漠戈壁
就会不离不弃
生而不倒一千年
倒而不腐一千年
腐而不朽一千年

如今，它倒了
眼睛还睁着
刚硬的骨头，黑黢黢的皱褶里
储存着三千年的时光　和
朝代更替的风云，以及金戈铁马

一棵胡杨死了，但它还活着
听到石油人的脚步

他张开了锈迹斑斑的口：
“真正的雄鹰，从不会折断翅膀
我们是同一姓氏，有钢铁捶打的骨头！”

见到克拉玛依河，就会遇到黄河口的芦苇

克拉玛依河，睫毛忽闪
怀抱里拥着，安静的白云、蓝天
岸边的芦苇，保持着
黄河口的身姿和乡音
倒映的影子，依然笔挺

他乡遇故知，见到芦苇
就见到我前世的兄弟
它伸出十六只手
眼泪汪汪

红柳像一堆火，在燃烧

这口油井，并不孤独
有一棵高高的红柳，相伴

挤在一起的粉红花儿，绽放
楼兰古国的三千佳丽，笑容频频
像一团烈火
点燃了寂寞，和
灰沉的天空

每到傍晚，一位采油工
举着手机，为红柳照相
然后，以梦镶嵌
以前世今生压模
发往家乡

戈壁玉的姊妹在吵架

向西，再向西

到唐僧取经的地方
寻找灵魂，丢失的眼睛

得知我要来的消息
戈壁玉的姊妹吵了一宿
她们争夺，最好的地盘
在哪里可以遇到我的目光

“石油人爱玉，胜过爱自己的眼睛！”
揣着一肚子的故事，与铁树
诉说

石油，流淌的河流（组诗）

璎　宁（胜利油田）

旷野里的灯盏

看到那盏灯火
以为是挂在天幕上
一颗晚归的星辰
其实自南湖而来
持续发光，永远发光

那时村庄已合上眼睑
夜鸟收紧了翅膀
连树木都懒得理会头顶的风雨
那如豆丁的火苗，闪闪烁烁

以微弱的光亮，穿透黑暗的潜流
统领着整个夜晚
和一群满身油污的作业工
有风来的时候，这盏灯火
会站立起来，叫喊几声，鼓掌几下
但是，大部分时间里
它只在高高的井架上
作业工人的眼睛里
端着自己的火苗

抚摸丈夫的一件工衣

抖开丈夫的一件工衣
随着高高的井架向上攀升
胜利油田，这几个字样
在宿命的骨骼上
像镰刀与锤头，相互地铭刻

二十年修井岁月缔造
一座江山
汗渍堆起喜马拉雅千年积雪
长江黄河像黑色的马匹
从他的胸前蜿蜒而过
油管，抽油杆的铿铿锵锵
衣袖间余音袅袅
石油的斑点，在他的身上
肆意汪洋成岁月的湖泊

不是什么颜色都能让我热爱

不是什么颜色都能触动我的感官
大红，血与旗的相互晕染
秋天里的一抹浓艳
一枚果子成熟的外壳
一个油田胜利的宣言
石油工人一生的开始

这种色彩庇护他们
潜入大海，钻塔上泅渡岁月
荒原深处，问寻千年地脉
有时，无法拒绝这种颜色的诱惑

像一只蝴蝶迷恋上花朵
又怕他们忽然转身
将这种色彩泼到我身上
让我有一次意外的燃烧
或者蜕变

灿烂的朝霞

七月的雨水繁多
许多事物被洗得发亮
一成不变的是丈夫身上
呛人的烟味和浓重的石油味

曾经嘲笑他一生的梦想轻于鸿毛
一辈子所做的就是
在家和井场，日与月，风与雨之间
被一辆工程车重复运送

今天，隔着二十米的距离
竟分辨不出和我朝夕相处的那个人
直到他晃动着一个工帽
像一片灿烂的朝霞开了小差
飘落在我的面前

一个油田小镇的早晨和黄昏

早晨
清洁工扫净小镇的尘埃之后
小镇像一个港口开始沸腾
工人们乘坐各自的船只离开家的码头
小商贩的到来让这个小镇达到了沸点
而我总像是和这些无关
等小镇像两边的村庄平静
才走出家门
因此，我从未赶上一艘驶向彼岸的船只

夜晚
工人们像倦鸟归巢
除了他们身上散发出的混合气息外
我不会知晓
一个采油女工如何捂住经期疼痛的小腹
去井上采集小样
也不能轻易对一个男工人
把一生的追求锁定在井口
以及和石油如胶似漆的情怀
作一个准确的描述

我是早晨和黄昏之间
令他们羡慕的一个梦

或者一段好时光，问花草追蜂蝶
甚至漫无边际风花雪月
永远不会像他们
一旦握上通向石油王国的船票
一生都会被“束缚”住手脚
从来没有真正意义上的返程

“井”底之蛙

没有谁能挽救你一生的严重“失足”
视野之内全是井架、驴头、吊卡、油管、抽油杆……
四季转换着幕布
隔开外面世界的灯红酒绿歌舞升平

抽油机，抽走了你的青春岁月
油管，压碎了你的梦想
压弯你伟岸的身躯
你常常将石油分子
和你的白细胞红细胞混为一谈

曾动用各种工具
拓展你巴掌大的天空
也曾尝试，沿着岁月的悬梯
怀着海枯石烂的爱情誓言
潜入“井”底，把你打捞上来

石油，嵌入生命的铁

二十年了，除了井场
你从未走出过小镇
石油，流经你的脉管
无数次替你漂洋过海

一想到你的一生与石油有关
你就自豪、骄傲、满足……
而我始终无法释怀
几口井就把你的青春浓缩在

眼角的皱纹里

像三叶虫沉积于石头
像农民躬身于土地
像一个战士对着敌人上好枪膛
你默认这种铁质
无限度地嵌入

你把飞的梦送上天空
把奔跑的心让给道路
身体却被这种铁质所困
我无法找到你们之间的间隙
从而将你们分开

跪　拜

兄弟，呼呼的北风里
你双腿跪地
春节已经过了
你跪的不是父母
你没有犯错
这也不是一次忏悔

你双腿跪在春天的泥土里
你的面前是井架、井口
油管、吊卡、驴头、抽油杆
是你的这些，叫铁的兄弟
你把身体放低，重量压在双腿
把一颗螺丝捧在手上，如很多人捧着党徽、红旗
想当年你也是这样捧着
父亲交给你的锄头

兄弟，一年三百六十五天
你只跪你的双亲一次
在井场，你无数次地下跪
这一跪，让泥土解冻
让春风逗留

让你叫作铁的兄弟
有了和你身体相同的温度

擦 拭

你一寸一寸地，擦拭
每擦出一寸，你便笑笑
心里有了多于一寸的亮度和满足
抽油杆那么长，你的擦拭，如此缓慢、庄重
像建党 101 年的时光都凝结于此

在家乡
你没有如此小心地
如此细心地擦拭过
父亲的锄头、镰刀、犁铧
现在你也无法擦掉自己
身上的油污和尘土

你把一个党员温柔的呵护
全部给你的铁兄弟
让它带着你手掌的温度
牵住埋在深处的石油之花
让它和迎春花把春天的消息四处撒播

站 立

二月，大地春寒
你十二个小时站在井口
把晨曦站成了暮晚
在故乡的时候
你对着沂蒙山
对着金黄的麦田
也曾这样站着
不必抬头，不必转身
我知道，你的脸被涂成了黑色
只露着白色的牙齿吐着家乡的方言

你的工服是一帘雨幕
风穿透了它，渗入你的骨头
冰块已经在你身体的某处暂住

兄弟，二月的风
呈凶猛之势
也没能撼动你的工服
黑色的马匹在你的背上
飞扬着四蹄

石油
这黑色的花朵
一年三百六十五天
都在你身上盛开
对于它特殊的芳香
你无数次对着飘扬的旗
深情诉说

和月亮一起巡井（组诗）

王　秉（河南油田）

和月亮一起去巡井

秋
是荷叶望远的星空
是飞鸟掠过的田野
是高山起伏的曲线

夜，已经安睡了
荷叶做着长长的梦
此时，只有月光醒着
它安静地坐在风里
有一阵没一阵地
听风在轻歌曼舞
像草丛中的蟋蟀
也像荷叶下的青蛙
它们有一阵没一阵地歌唱
要多陶醉，就有多陶醉

此刻，夜巡工从落叶的林间走过
沙沙沙的林间风声
和夜巡工一起巡井
和月亮一起巡井

在池塘边

在池塘边。
读风之轻。
读风之远。
读风之潇洒。
读风之飘逸。

鸟鸣，用感叹号，
品读《爱莲说》的清爽。
一池荷绿，白了荷花的单纯。
一朵连着一朵，害羞。

风追逐涟漪，一波一波。走远。
惆怅的烟雾，瘦成孤独。
屈原，用《离骚》下酒，
望断汨罗江，在独醒中自尽。
庄周梦中的那只蝴蝶，
用翅膀拍打，燃烧的夕阳。
即将落幕的剧场。
哑然失语。

挂在树梢上的月亮

挂在树梢上的月亮
犹抱琵琶半遮面
诗仙李白
举杯挥毫
续写《月下独酌》

风
从唐诗宋词中走来
乘着月亮的光
守候着这里的静
和石油工人一起
巡检设备，录取生产数据

挂在树梢上的月亮
越来越亮
这时我发现
月亮的光
一直在努力
一点一点地
向夜的静、夜的最深处走去

并没有惊动
已经入睡的村庄
也没有惊扰
罐区周边的玉米、芝麻、红薯……
还有那些飘香的艾叶草、益母草……

井场边上的牵牛花

静静地在井场一角灿烂
一个个憨态可掬的样子
沿着藤蔓
开出紫的花、白的花、粉红的花

她们很像我家乡的牵牛花
袅袅娜娜，含羞欲滴
开在村庄的路口处
开在耕牛的哞声里
开在深秋的月光里
开在奶奶的传说里

她们要是天上的星星就好了
无论在什么时候
都能看到河南油田变化的模样
远程监控的井，智能化了
油区周边的山水，清澈了
成片羊群的叫声，欢腾了
石油工人的笑声，灿烂了

牵牛花呀牵牛花
我多么想和你们一样
也在井场边
开出绚丽多姿的花
释放出自己的甜和美，梦与远方

旷野里的宁静

黑夜，旷野熟透一种超越。

宁静，用风的凉，扩大自己的地盘。

银白的光，是月亮的语言。情真意切。
孤独的触角，感受黑夜里的空旷。
月光洗风之轻，也洗静之深沉。

蛙鸣，在小提琴的弦上，
拉直旷野里的风。
丈量夜的空与黑。

夜幕下的空间剧场。
在宁静中，广阔无边。

安转站上空中一轮红太阳

假如
我是安转站上空中的一片白云
我就用我的纯洁和美好
扮靓三相分离器的银白、注水大罐的葱绿……
要多美，就有多美

假如
我是安转站上空中一只会唱歌的百灵鸟
我就用我最甜美的歌喉
来歌唱可敬可爱的石油工人
歌唱他们用辛勤的汗水和努力
让安转站开出最灿烂、最芳香的花

假如
我是安转站上空中一轮红太阳
我将用我的光，用我的爱
送给可敬可爱的石油工人
驱赶走冬季的寒冷和严酷
让他们的脸上写满迎接春天和战胜困难的勇气

去集气站抄表

5 时 30 分，晨起

天黑如炭，夜还在酣睡
我徒步，从安转站到集气站抄表
刚拐弯，顺着猪圈气味的方向
迎面一辆私家车的灯光
被路边农户家的看门狗
喊得贼亮，贼亮

这样的亮光
耿直地从我穿着白杠杠的红工服边
擦肩而过，扔下了
比刚才还要黑的夜
比刚才还要静的静
比刚才还要黑的路

集气站，长年累月
住在离村庄很远的荒野里
守着天空几颗稀落的星
过惯了一个人的宁静生活
在 365 天的每天清晨
总会有戴着中国石化标志的红工衣
来看它
一天也不落

巡井的夜空

这么寒冷的夜晚
有了悠悠的、月光的陪伴
抽油机就情愿独自守着
这苍茫大地的静

采油工的眼睛
点亮漫天繁星的光
点亮月亮情深意长的光
一同照亮
羊肠小道的井场路
也照亮抽油机在黑夜里

歌唱的颜色
颜色是红彤彤的
就跟太阳的那种红
一模一样

渴望和长势

在这个春天里
画家，应该握紧手中的笔
蘸上油菜花的黄
蘸上油菜花的香
画一幅关于春天的水粉画

最后，用画笔点亮
画中鸟的叫声
一声长，一声短
悠扬地
擦净天空的蓝
擦出小草的绿
让所有的花草树木——
释放出春天的
渴望和长势

写写安转站

我一直比较喜欢
安转站在白云下面
安静的样子

那些青翠欲滴的绿色大罐
那些身穿黄金甲的除油器
那些银装素裹的白色三相分离器
还有那数也数不过来的大小阀门
还有分也分不清、粗细不一的油水气管道
它们啊，就跟亲兄弟似的
紧紧地抱在一起

用坚定的步伐和信仰的力量
铁打成江山

远处的高山
可以做证
安转站这个充满神秘、令人向往的地方
安转站这个擅于撰写绿色低碳诗篇的地方
安转站这个一直迈着“小而优”步伐坚定的地方

为了一个共同的理想
一起风风雨雨走过四十年
用“三老四严”的笔
写下“三基”、写下“超越”、写下“梦想”
写下老油田可持续发展的铿锵步伐和奋进力量
写下向美好生活加油、写下最美的诗与远方

巡线札记（组诗）

陈锡让（中原油田）

一朵云

每次巡线归来
总有一朵云
在头顶上
随着我们的行走而移动
以至于抵达铜坎村
还不肯离去

我不能从它的形状来确定
是不是同一朵云送我们
但这又有什么要紧呢
一朵云，我渐渐熟悉的一个朋友
它总能引发我被风吹着的思念

在普光气田
夕光多么美丽
夕光照在我们的红工衣上
我认为我可以忽略一朵云
相对于后河上空银白的悬索
一朵云，的确不算什么

怀　念

黑子队长退休后
去了他的西北老家
很长的一段时间
我和兄弟们巡线
只要路过那块大青石
就会想起他在风中

扯起喉咙吼号子

他吼走的那群短尾雀
飞回来了。在一棵青杠树上叽叽喳喳
叫个不停
那团白云也回来了，悬挂在头顶上
一动不动

过彩虹桥

我们叫它彩虹桥
回到油城还叫它彩虹桥
它是扩大小河坝时修建的
一座普通的桥
因连接天然气净化厂，显得尤为重要
我喜欢这种赋予新意的命名
富有想象力
这座必然的桥
石油兄弟们每天必然要从上面走过
我也从上面走过
满载硫黄的大汽车缓缓驶过
这么多年，我已习惯于看白云、蓝天、大巴山。看
输气管线一路向东，排列着辽远
而青翠的风，在吹。桥下的流水
发出慰语
我模拟过它们，也模拟过普光气田
感慨的不是它们，是我的内心

巴山夜雨

李商隐描写的巴山夜雨
我们在清晨看到了，它们在芭蕉树的阔叶上
做着不规则的运动
一粒粒昨夜飘落下来的
饱满圆润的雨珠

与露珠并无二致

我们在巡线途中看见，却并不懂它们
有着各自的安稳和平和
像一个贫穷而甜美的妻子
孩子们在身边嬉戏，她忙于家务

刘师傅

午餐后，刘师傅喜欢登上脱硫塔
让风吹吹当天的好心情
看金黄饱满的硫黄，挤着涌进专列
单轨铁路伸向山外
石油人的梦想伸向山外

普光气田净化厂一览无余
六座灯塔拔地而起，放空火炬
吐出硕大的莲花，熠熠生辉
机器轰鸣，石油人坚守每个岗位
那一刻，刘师傅居高临下一一指认
自豪感充盈整个胸腔
感觉眼前这幅画卷，有万亩之多

正午贴

一朵白云坐在杨候山上
下面是宏大的净化厂
正午闪闪发光，凉薄和鸟啼的细碎达成共识
每一株草木都是初夏的自媒体
石油诗人踩着潮湿的土路
正努力地观望，既兴奋又感动
哦，钻塔，井架，火炬……
都在做自己的梦
都是见证者，都在最大限度
表现着自己

日　常

单调的巡线生活
就像随手写下的一首即兴诗
无须打磨，就能感动你
一个个清晨，像飞出去的一只只长尾鸟
堪称一个个小清新
正午盛大，漫山的芭茅如寄
我们穿过时，只要磕碰到身体
露珠就会滴落
而傍晚的翅膀伸开，芭蕉林里，虫鸟栖身
充满神秘，拥挤
我喜欢这样的日常
就像喜欢纸上涂改过的黑体字
它们一个个气宇轩昂，理想远大
事业高大

黄家岩

那黄家岩遂道出口上方
几株野菊花是我的
它们淡黄的小脸蛋是我的
摇晃着的寂静是我的
那枚落日，浑圆，饱满
照进芭蕉林里的丝绒一般的光线是我的
风声是我的
鸟鸣是我的
我把巡线路上的脚印，留给夜晚盛装露水
以及满天繁星
那丝绒一般的月光，拉扯出来的寂静是我的
那几株野菊花淡黄的小脸蛋是我的
摇晃也是我的

暮色渐深

大风劲吹

芭茅，野芹菜，酢浆草……顺风倒伏
巡线人走在山梁上
用拄棍
从落日的铜孔里挑出乡愁

落日猩红的糖浆
渲染着西北角的天空
与他的红工衣交相辉映
这画面，深刻，隽永
别开生面

而此刻，一只斑鸠在叫
它拉扯黄昏这匹灰布，跳到一棵马尾松上叫
一只红腹锦鸡在草丛里应和
暮色渐深，巡线人不慎将一朵乌云
一脚踢下山梁

巡线札记

大巴山，肩胛上搭着一条巡线路
腰间，也缠有一条
这是我穿过黄家岩隧道后看到的
峰回路转，运载硫黄的专列轰隆隆驶过
我以为生活是一场老式黑白电影，碎片化
有时呈断裂状
明亮的事物在暗处闪动
才不至于散淡，陡峭，无遮拦
风在吹，满山的树都像在往高处走
这情景让人感动。一只长尾鸟
从左侧的岩石上蹦了下来
同时蹦下来的
还有它喉间挤出来的
几粒清脆的叫声
仿佛要向我伸出援助之手
我看了看远处的 301 集气站
紧了紧手中探路的拄棍

我当然要走大巴山肩胛上的那条巡线路
这一天
我满怀喜悦

秋日一瞥

旁逸斜出的苦楝树干上突然
响起了松鼠吱吱的叫声
它显然被大巴山顺风抛下的几朵乌云
当作巨石滚下而惊恐不安

没有什么比这更恐怖更危险的了
松鼠吱吱乱叫，快速逃离
此情此景，巡线人置若惘然
大巴山那么大那么高
他们早已习惯这类庸常之事
在起伏的群峰中
清风让人精神焕发
而夕光，把他们的身影拉成一条线
斜斜地插在巡线路上

石油荒野上的一些短歌（组诗）

温昌华（胜利油田）

时光里的苇鸟

选择苇鸟，符合荒野的
气质，它穿过的井场，也有人穿过。
它们飞得很低，多年后，
总在生活里起落。
在时光里飞，在回忆里飞，
穿梭的荒野也是人间。
我欣喜翅膀的意义，
天空不再仰望，阳光伸手可及。
抽油机旋转出石油，
伸向远方，梦中的星辰。
多年来，情之所系，
风不知所起，他一直在芦苇之间。

芦苇的文学性

取棵芦苇，给它些意义。
根是荒滩的石油，
一篇扉页沉浸着盐粒的小说。
交错而上的杂文，
被工衣穿梭成天空下的散文。
弯而不曲的苇身，
虚与实的辩证，
大地之上，那是报告文学。
我看芦苇时，她也看我，
一幕戏剧从此诞生。
特别是秋天，爱从心尖上
抽出一首绛紫的诗，

风一吹，成了散发着油味的诗学。

荒野上的嘟噜子

滩海的一种小蟹，因为盐，
味道绝美。我在井场，
它在十米之外。大地之上，
各有各的生命立场。
因石油，此域少有天敌，
油井的影子里有它，
它眼里也有工衣、芦苇和铁。
安静符合生活的逻辑，
它觅食，看斜阳。
远处传来三十年前的钟声，
管钳还在咬着井口。
月亮浮出天空，我像月亮
看我一样看它不停地
穿梭，挖洞，突然心生歉意。

秋天里的一棵红柳

如果有时间，请来到这里，
海风被阳光晒干，
咸涩浸透每一次想象。
用荒野表达，一棵就是意义，
即使躲得开井口，
你说的秋天也会来这里。
气氛逐渐冷清，爱留在北方，
爱里没有辗转和反侧，
还有叙述思念的诗。
干脆的过往，利落的情绪，
坚守中坠成一个远方。
生命是种选择，不是宿命，
这是我唯一的理由。
别人关注姿态，我关注
离别之地，太阳又近了一寸。

荒野上的白鹭

青天还是青天，红柳没引来
黄鹂两只。诗句落单，
只得以白入世，
抖掉黄沙，独留下风，
彰显生态之美。白鹭不大，
也会飞，但工友们都叫它傻等。
我在岸上，它在水里，
以滩涂为信，我用目光确认。
翅膀托起过油井，
红工衣，甚至整个夕阳，
立在一处却是半天。
有水就有岸，有岸就有水，
我以为它在冥思，
不承想是啄食夜空里的星光。

荒野的重量

桌已摆正，那就铺一纸荒野。
时光研磨得正好，
一座钻塔，两棵芦苇，
笔锋弯出三四条路，
一条给自己，其余的给石油。
你不用费心地找我，
就在这里，线路伸向远方，
连接星星点点的井口。
至于阴晴圆缺，交给窗外，
余下的白，交给盐。
寥寥几笔人生已过大半，
没带来的也无法带走，
能留下的，可以称为精神。
突然想起蝉鸣时节，
我在午后沉睡，却被风掀起。

河尾叙事（组诗）

张宏德（胜利油田）

一段往事穿着橙色衣裳

那是饥饿年代的往事，如果有照片是黑白的
岁月将会把它漂洗得愈加灰白暗淡
一个九十岁的老人，记忆依然清晰准确
胃酸是强劲的，它的强度穿透岁月的胃
那些在广北盐碱滩上打井找油的人
消瘦的腰带搂紧饥饿的腰，但他们同情的眼泪
阻挡不住死神，带走村庄那些饥饿的人
再也不能让老乡们饿死了，再把腰带扎紧一圈
32120 钻井队队长李仲田咬紧牙关，下达了斩钉截铁的命令
每人每天挤出一两口粮，每一粒粮食
都是一颗子弹，顽强阻击着走近村民的死神
在离华八井不远处的村庄，哭声开始消散
一座四十五米高的钢铁钻塔，吃着棉杍面窝窝头
已经站立在荒原上，村民们第一次仰望着这么高的天
一缕阳光照亮故事结尾，黑白照片上的那些人
我看见他们血管里，流动着橙色太阳的血

黄皮肤的河流闪耀着光芒

1960 年冬天，黄河北镇渡口上
从山东商河搬迁到广北的石油钻机，被黄河拦住
这个钢铁的夸父，幽灵一般游动在华北平原
他要找到沉入大地的古老太阳，五年了
从河北到河南，从河南到山东，在大河左右腾挪奔突
明化、开封、冠县，堂邑、邸阁、临清
六个踩出的土坑，六张绝望张开着的口

一脚踩在商河，大地轻轻颤动，他终于嗅到了
古老太阳羽毛的咸腥味道，渡过这黄河
三条小船挽起了手臂，两排赭黄的脊背在棉衣内涌动起波涛
这是又一条黄皮肤的河流，从洪荒流淌而来
在广北荒凉的盐碱滩上，脊背和臂膀弓起肌肉的起重机
举起四十块二百公斤的角铁
举起两吨重巨大的天车
举起四十五米高的钢铁巨人
太阳就在不远处低吼，夸父的肢体笨重地震颤
他舞动手中的两条蛇，左手黄色的滑落是一条河
青色的在右手扭动着进入大地深处，拐杖扔向远处
数百里荒原上有大片邓林起伏着，在钢铁游梁的枝头

莱 113 的蓝

莱 113 井架，一根巨型撬杠的手柄
在珠穆朗玛身长可触及的大地深处
能源饭碗底部正被探寻
沿着井架的钢梯，新闻联播上从容的步履
健步拾级而上，手柄正握进坚定有力的手
莱 113 蓝色的瞳孔里，火红而光荣的石油
缓缓升至蓝得深邃的位置
那红白相间钻塔的剪影，一枚闪耀光芒的书签
正插入地质年代，页岩书油墨的清香
顺着通天而上的云梯，迷途的碳孩子
将回归大地深处的家，他们再不会用一支支碳笔
涂抹蓝天干净的脸
莱 113 井架，你是站立海边的航标
标示出崭新时代的蔚蓝色航向

我要头顶着青天走向华八井

华八井纪念碑，钢铁结实的双脚
正站在青天下，一片天撑起在铁人擎起的青天右边
东部大陆璀璨的星光，照耀着我三十七年的石油饭碗

我吮吸石油的乳汁活命，却无缘荒原上那一片篝火的红颜
青天一顶星星亮，照见石油面前我苍白的双手
像一个欠债不还的人，我在华八井旁边羞愧地生活
岁月摞成台历上空旷荒芜的田野
我多想也昂首挺胸地走向华八井

出门左转九十步，右拐直行一千米，华八井
你正站在城市的高楼边，落日给你喷涂着又一层金
我远远站在你的阴影里仰望着你
你穿着蓝色杠杠服，迈下台阶突然走向我
这依然热爱着我的石油，正用一支老歌温暖的手
捂在我涌动波浪的胸膛，我找寻光芒的目光
伸出漫长的手臂，被牵引向北方

那一条绿色的管道

一条新的钢铁管道，正在穿过春天
穿过荒原沟壑边的芦苇，仿佛春天就是从那条管道里来
上一次管道经过这里，还是迢遥的上个世纪
那不远处的泥土下，埋着荒原惊心动魄的往事
当大地慷慨地捧出滚烫的乳汁，那些曾经枪林弹雨
穿越生死的人，怎么能怜惜热血汗水和眼泪
起伏着的芦苇整齐博动绿色的身影，那些义无反顾的身姿
已经镌刻在，荒原盐碱一样斑驳的记忆
新的管道是 CCUS 年百万吨流量的巨大动脉
里面将会流淌着二氧化碳之血，溯流回泵到大地心脏之内
在新旧管道之上，一条绿色的管道隐约可见
荒原消失的精魂正在春风里聚拢
苇丛摇荡绿色的火焰，每一株芦苇跃动着
奔跑向起伏着的地平线，成为远方高大繁茂的树
荒原绿色的波涛，正在冲决着春天崭新的堤坝

一株紫杆柽柳还站在营二井

一九六二年九月二十三日，营二井

在四十五米高的井架顶端，看着下面
饿着肚子欣喜若狂的人流，六十一年后
我来到这里时，营二井口还高不过
附近的一株紫杆柽柳，晨曦正笼起它
枝头粉红花上的一团紫雾，这是盐碱地上
饮食盐水为生的植物，它还有一个名字叫三春柳
能把一年里盐碱的日子，三次绽开在枝头的花朵
像那个提着紫外线灯盏走过来的太阳
它突然照亮了我心中锈蚀的石油，让我看到了
还有比钢铁的词汇更铿锵的语言，召唤着这些
吃不饱肚子的人，在偌大的华北平原上一路寻觅而来
在山东的北大荒，过三年困难时期里最咸苦的日子
挖掘大地深处金乌太阳鸟下过的蛋，此时的共和国
饥馑的道路上奔跑的钢铁，都快饿得走不动路
他们都是一个生生不息古老部落的后裔
他们信奉着那个祖传的东方吉祥美好的箴言
他们热爱东部大陆上生机蓬勃的事物
他们顺着紫杆柽柳的根须向下挖掘到两千七百多米
他们摸到了那个沉入地下的古老太阳，就要喷薄而出
他们感到双眼泪腺就要模仿紫杆柽柳的腺体
分泌盐分极高的水，我现在清晰地听见了
六十一年前营二井上空当量惊人的吼声
那正是贫穷祖国的惊蛰时节，一个正饿得
直不起身的民族，需要在滚动的春雷里涤荡阴霾
营二井用五百五十五吨深沉的嗓音，一句古老吉祥的词语脱口而出
紫气东来

大河流韵（组诗）

毅　剑（中原油田）

芦　花

芦花在深秋的深处起伏
它最终触及的远方没滩地远
也没东去的流水远
只比我的目光和心中的故乡远

许多年了
故乡黄河滩地上的芦花
一直都张扬着丰收的姿势
让我不能自拔地深陷怀念

那编织草鞋的温度
那长途贩卖小额纸币的重量
那一年一度春荒时节的救命稻草
还有，用它修缮的土墙老屋

漩　涡

黄河的漩涡是另一种的漩涡
除了比重很大很大的泥沙
它外表还出奇的平静

它忽东忽西，忽南忽北
它多半在水下作法
因此被它淹死的，多是水性极好的

从天上而来的黄河之水
一路放牧的漩涡如羊群
大黄河从不担心每一只的走丢

就像我们这些远离滩区的孩子
一生往往走很远很远的路
但最终多半还会回到滩地

跨越九省五千多千米
千万年的黄河淹没了千万年的故事
那些最为神秘的，都还在漩涡里

落　日

落日在天际的尽头
水天相连的地平线，被一轮红日撑着
黑和白，明和暗，都清晰起来
帆影是另一幅画面
许多年的许多次，我伸出双手
都试图托起那流金的滑落
最终，却还是慢慢十指合拢
像所有的朝圣者，身心匍匐
从一种无比巨大的沉沦
感悟另一种无比深远
又无比巨大地喷发和升腾

撒网的人

他有田种，却又不同黄河两岸
那些祖祖辈辈都靠田生活的人
驾一叶扁舟，他习惯了早出晚归
把一张网撒成月亮和太阳的形状
他每天 N 次地撒网，最终收获
也往往只在一两次的网里
每一网的未知，都充满希望和失望
前一天，他一无所获
第二天，他起得更早，也回得最晚
直到有一天，他终又有了满意的收获
上岸后，他就进了那家熟悉的酒馆
像见到了久违的亲人

他给老板讲风浪和有关黄河的一些事
喝醉了他也从不去想
这世界原本也是一张网
他也只是一条鱼
也像他许多年中，一次又一次
网回的千万条中的每一条一样

黄水谣

从雪山高原，也从远古的荒蛮
梦醒，已是浑黄的浊浪滔天
漫过草地的声音如清泉小溪
濯荡过马蹄的波纹
是歌唱的水鸟，移动的羊群
是变幻的云朵，一路花草的铺展
是远行的人忽然回望的故园

黄的天，黄的地，黄的水
一路向东，九曲回肠
刀光剑影的冲突，金戈铁马的疾驰
全是风卷残云般的故事和风情

有过许多春天的想法
草垛、炊烟、耕牛，祥和的村庄
田野和天空被雨水洗亮
陈年的旧事像尘沙被风扬起
一些又一些的念想如鱼
一批批被捞上来，一批批在成长

那些跌落起伏的、飞溅又滑落的奔腾
是透明的浑浊，是残缺和完美的
生动尘世，在总是无限的生机中
由衷慨叹："不负一生的奔波"

在深远的黄河滩上

在深远的黄河滩上

我想种植一片树林，一片草地
种植一些能做钎子的芦苇
小时串树叶的那种钎子
总割不满篮子的一些草
把那时一直没有实现的愿望
也全部都种植上

还有祖母的那间老屋
那间一下雨就漏水的老屋
漏了水修补了还漏水的老屋
还漏水再修补的老屋
每逢阴雨天就愁苦的老屋
我想把它重新建在黄河滩上

我还想把那时的炊烟也一起种上
因为有一种叫贫困和饥饿的东西
总是让我——难忘

早出晚归

久居城市高楼的深处
让我愈发想念滩区的故土
炊烟、篝火、渔船和草垛
总是深陷失眠的日子
“日出而作，日落而息”的俗语
像一束再也抓不住的光
在楼群错落，霓灯歌舞的旋转中
向往早出晚归的梦境
这一切的改变，也像
到处充斥着的转基因作物
让我们只认得它们的名字
却再也品不出原汁原味的食谱
还有乡下，那曾千年如一
守护的，早出晚归的遗训和淳朴

那些树

一想到滩地上的那些树
我就心生悲悯，胸口发堵
想到它们在雨季漫滩的低洼挣扎
连日里让枝冠都浸没在水里
深陷在暗无天日中却无法逃避
每遇旱季，望着不远不近的河水
像梦中的画饼，终不能触及
不知道堤外的良田沃土
山野深处生生不息的森林
被水流冲走，抑或过早地枯死
离开滩地时，必是横躺着的
也像我那些走远了的祖辈
一生也只有一次轰轰烈烈
又体体面面地被簇拥着出村
却只是——被抬进墓地

黄河那么长

二十年前，我乘船过黄河
在靠近北岸，即将下船时
我看到一条鱼
一条很大很大的鱼
在岸边几近搁浅
我和艄公一起惊呼着靠近
但一股浪拍过来
那条鱼趁机又滑没深水
只留下一条尾巴摆了摆
好像人类再见的手势

此后多年
每次坐船过黄河
我都会想起与它的失之交臂
只是，再也不曾相遇

仔细想想，也很合常理
黄河那么长
两个世界的不同生物
怎么能见一次，还能再见一次

水洼地

河滩上的那片水洼地
总被一些生生不息的野苇草霸占
还有一些水鸟和小鱼

它习惯了被水浸泡着
不知道这世上的耕耘
一直不知道，那些
总是闹旱灾的土地
也多多少少地收获粮食

大河落日

太阳在上游的上游沉没
红光散去，仿佛一个人清空了自己
可喧嚣的河水依如长臂伸展着弯曲
揽我入怀，让我看弯月、灯火
还有余音般划过的流星

还要走吗？沿着流水的方向
苍茫的天空，苍茫的大地和远方

夜巡的水鸟还在对岸鸣叫
我忽然就不知道该想些什么了
云遮残月，再想什么也都是黯淡的

界　碑

宽厚的大堤把河水挤进
低矮单薄的内堤
内堤修修补补地将水流围困

经过的父老来来往往，早出晚归
可有可无的一块刻字石头
它从可有可无的大山上下来
又可有可无地立在大堤的斜坡

说是两个省的地界
却是一块地儿的风俗和口音
说是两个村的界线
线里线外又是一个家族的亲人

小时，它是我与伙伴们相约一起
割草、捉鱼、玩耍的集合点
许多代两个村都只是一个村的距离

沧海桑田，我故乡滩地中
记忆里的一切都在长高
只有它，一直矗在堤坡上
一天又一天地——沉陷

渔　火

大河远处，撒网的人在布网
他不知道，光芒也是一张网
他只是另一条鱼
在渔火之外另一张网里挣扎
浪推动着浪，这水面浮动的光
终将在晨晖中熄灭
不留下一丝光亮

每一个渔火辉映的夜，都有风
从远方上游赶来一层又一层浪
由左或右，交错的一些船
是另一些布网或入网的影子
我看不清他们的容颜
却又清清楚楚地感觉到存在

后浪习惯了一直拍打着前浪

逆行之中，每一步的行进
都是双倍付出，每一条挣扎的鱼
都在看似光明中找到末路

老艄公

在滩区十里八乡的村庄
老艄公一直就是一个传奇
可现在，他的世界越来越小
只剩下小院门前的一个石礅

是有一些年头了
他已习惯了每天的多半时间
都静静在石礅上闭目打坐
在夕阳下迷离着一双花眼
他也知道，老渡口早已不在
但还是终日地向孙子吵嚷
带上他，再去看看
他说，一闭眼他就看到老渡口
老渡口前的一排排波浪
一个又一个远去了的熟人
总在他面前招呼并晃动影子

蝗　灾

风沙持久地围困着滩区
春旱让积水的洼地龟裂
一阵无定的黑风席卷之后
庄稼地、草丛中、黄土路上
到处落满了密密麻麻的蚂蚱
它们在昏黄的阳光下欢跳起舞
好像这世界原本就是它们的
这些我们儿时奋力追赶的昆虫
现在，仅一伸手就能抓获多只

草叶、树叶、庄稼叶

一些长出和正在长出的植物
伴着流沙般的挲挲轻响
风卷残云般地消失
来一阵风，去一阵风
它们瞬间挟去的青绿希望
又仿佛从不曾来过

老西屋

涛声漫过枯黄的芦苇荡
深秋中时隐时现的父亲
一一收集着芦花穗
年复一年
他用掺了泥巴的芦花
修葺总是漏风的屋顶

可每年的雨季
啪嗒啪嗒水滴锅碗瓢盆的声音
还是一如既往地
将我和年幼的弟妹惊醒

如今老西屋和父亲都已不在
但在老西屋的原址
我还是能够听到屋漏水滴的响声
那夹杂父亲深夜流泪的叹息
让我一生都深信
生命中的每一次风雨不止
都有一个父亲的暗自哭泣

大河开冰

一条裂缝
又一条裂缝
无数条交织的裂缝
大河，终于开冰了

轰鸣声

似乎一直就存在的轰鸣声
不知道哪一声
更早或更晚一些

也像那扩了又扩的裂缝
不知道哪一条
才是最初的那一条裂缝

大河奔流

多年的努力，我已明白
前行的艰险。大河奔流
也像一个人赶路
回望身后，十八弯的趺趺撞撞
放眼前方，一路未知的曲折迷茫

真的能停下吗？像死人躺下
活着，站成一棵树也需要生长
躺成一条根，更需要延伸扩张
活如流水的日子
必是生而不息的奔腾和跌宕

在滩区生活

不说唐朝的事，那时光太远
就是宋、元、明、清的泥土
也在泥沙之下的泥沙深埋
去年还在好好耕种的一块滩地
仅一个汛期
就被移过来的河道占去
而对岸原本的一小块耕田
转了年就扩大得无边无际

一碗水，半碗沙
从黄土高原一路走来的泥土
一直就很拥挤
说不上前赴后继，也说不上

如薪堆积。借助水的力量
改变滩区的面貌，也改变着
黄河两岸大平原的景致

水鸟的记性一直很好
仅仅记住了一条大河
一条大河两岸四季的风景
就记住了来来往往的路
还有，自己家园的模样
当然，还有唐朝的风，宋朝的雨
在小村的碑文和传说故事里
昼夜沉浮，又延绵无期

一条上溯的小船摇到秦汉
要经历多少个春秋？抑或
从一个滩区小村走到另一个城市
要让一条黄河抚平多少大海
依然炊烟袅袅，多少年又多少代
总是恒守着的依河而居的信念

雪封黄河

雪封黄河，站在宽厚大堤的高处
我抖动双臂的翅膀。这样的情景
一晃，已四十多年

我不知道，你在山塬放歌的样子
也不知道，他在东海撑起的风帆
但我知道，我一直就放飞的梦想

那一望无际的白，炫目的光
那深远的流动，暗处的奔涌
一草一木一汪水的变化和波动

许多年了，在远离滩区的陌生城市
我从没有停止过飞翔，却总是忽略
雪封深处，炊烟的呼唤和根的滋养

滩地上的那片豆田

长风漫过秋天的河滩
阳光下黄豆炸裂的响声
许多年了，我不曾听到
一生中总会有一些东西丢落
炊烟、乡音、雨露、空气和亲人
一直在努力地奔跑，一直觉得
从一个高处到另一个高处
回首却发现，足迹的圆形
生命的一步步沉陷
一个人的路，总被自己复制
所有的呼喊被自身重复
起起伏伏，依然一潭死水
而今夜，我忽然想到了你
深远博大的滩地一隅
年复一年的播种和收割
少一垄地或多一片田
丰收或被水淹没颗粒无获
一如既往的春播，像四季分明
更像阳光无形的手悄然抚过
豆荚，骤然炸响的金黄
流星一样地划过

沙打旺

这黄河滩上特有的一种植物
上一次我在诗中写到它
还是在三十年前

习惯了抢占沙堆
习惯了望着一河大水固守干旱
在风里抖动，将根须伸延

这世界，瞬息万变
三十年河东，三十年河西

只有它搂定沙堆，还是老样子

漫　滩

间隔几年
总有一场大汛
让暴涨的河水漫溢着
淹没滩地的一切

不管是高的高粱和玉米
还是低的花生和红薯
都经不起过久的浸泡和冲击
腐败发臭的植物
在退水后的泥泞中一片狼藉
我欲哭无泪的父老
习惯了在叹息中重新播种

因为他们知道
靠天吃饭
也需要充满希望的种子

回到滩区

步入黄河滩，你好像从没有离开过
高低的庄稼，还是原来的面孔
一直就叫得出名字的昆虫和花草
都亲亲热热地招呼着
沿习它们固有的声音和姿势

天高地远，久违的空旷让你沉迷
仿佛你之前的世界，一直都很拥挤

一阵风吹来，你忽然抖动的身子
自然不自然地将两手朝天空张开
说不上是根的伸展还是须的张扬
远远的像一棵树抑或一株庄稼
一种舒展，犹如村庄上空的炊烟

守　望

那时候，我们并不知道
什么叫守望

在靠近河边的滩地上跑累了
会聚在一起，靠近了坐下来
不说话，只安静地看
远远的波光，近处的漩涡
一阵阵吹来的风
抚摸着我们的头发
也抚摸着我们黄泥色的身体
仿佛成了大黄河的一部分
不懂得黄河带走了什么
不懂得帆影、波浪、长风和飞鸟
水流又最终把我们带向何方
直到有一天离开滩区
我们彼此走散了

回望，早已是——暮年

黄河入海

我不止一次，到黄河口
看一河大水缓缓与大海交融
浑黄与浅蓝的一条线
是拥抱的两种肤色和语言
裹挟的泥沙渐渐沉落
在拥挤叠压中隆起新的陆地
最终，忘却来路和高原
折返的鱼虾，艰难地上溯
也像我半生漂泊
越老越想念滩区的故园
我一直深信，入海前
黄河一定在沿途都留下了标记
让滋养的一切事物都认得方向

就像村庄给我的熟悉乡音
炊烟、家庙、祖墓和老院子
像一滴水回归一滴水
一棵树回归一棵树
入海的黄河，也像我
一生奔波，最终找回的自己

我们，在家之外的祖国奔走（组诗）

铄　城（胜利油田）

石油和石油人

我们，在除了家之外的
祖国，奔走
跟着石油神秘的足迹
身上的工衣，是国旗的颜色
并排开来，就是辽阔的国土

白天，阳光在熨烫着金色的符文
滴穿岁月的汗水
将抵达大地的深处
为石油指引光明的路径

工衣上留下的汗渍
铺展开来，将是一场
比盐碱地还要辽阔的雪

夜晚，星群是亲人的望眼欲穿
月亮，一再向我们展示
远隔着天涯团圆的形状

我们，效仿石油的火焰
燃起篝火
并深信，每一个困住我们的黑夜
都将被燃烧成新的黎明

最深的黑夜
是勇士们的夜行衣
孤独，在我们吞下的烈酒
和风沙中转场

所有的入睡

都将和亿万年前的石油
一起醒来

石油，或永生

从杠杠服
到闪着月光条的红工衣
从人拉肩扛的会战
到如今全自动化的井场
在石油铁打的营盘上
石油人，是遍地倔强的野草

野火啊，尤其来自近万米深的地火
就尽情燃烧吧
在一群无所畏惧的人面前

钻塔、石油树和钢铁编织的输油网
依然在祖国的山河上
展示我们的钢筋和铁骨

即使是死亡，也无须忌讳
终有一天，当子孙们
再次撬动底层
我们会以石油的样子，相见
因为，永生一直都在

石油赋

燃烧的特质，始于对黑暗的不信任
面对光明，万物都渴望着飞翔
何况你在亿万年中压抑的奔涌之心

山河辽阔，造物主在我们相遇的途中
埋下了巨大的伏笔
高山、大海、荒野和沙漠
星辰可以计算出我们寻找的脚步

钻头和钻杆破开的路径

让遮蔽已久的芬芳暴露你的踪迹
夕阳和月亮即将擦肩而过
所有的相遇都带着旷世之美

当你喷溅到我们的脸上、身上
当你在大地上再次绽放出黑色的花瓣
你看那微笑，因古老有了新意

你看那用来劳动的身躯
在疲惫中也可以跳出粗犷的舞姿
你看啊，今天
就是我们要继续奔赴的星辰大海

石油人的眼中

在石油人的眼中
昼夜间匀速旋转的是：
太阳、月亮和抽油机

在石油人的眼中
大地就是最好的琴弦
我们用石油，弹奏着命运的交响曲

黑与白

黑色的，是石油
是夜晚中的孤独

白色的，是月光、芦花、盐碱和雪
以及石油人青丝换成的白发

朝霞漫天（组章八题）

张君亭（胜利油田）

倾斜的树

很多年前
在门前栽了一棵树
一段时间里
蓬勃直上
一场特大的西北风
让它倾斜了身子
它倾斜的方向
正好向着我的家乡
从此
不管从哪个方向刮来的风
再没改变它的身姿
循着那个方向望去
就能看见
三十年前的我
正迎着西北风向这里奔

苦　菜

不喜欢
从小不喜欢
太苦
但记得父母喜欢
一直弄不明白
为什么要吃这么苦的东西
漫长的岁月里
我的口味曾经流离飘忽
而今

经常远出寻挖
咀嚼着苦菜的时候
土地的苦味
直达我的胆囊

重　逢

想了三十六年
就是没有想到
——你会来
这是前世今生吗

并排站在黄河岸边
像回到十三岁的年轮
河水，滔滔地东流

一朵小黄花
安静地摇曳

妈　妈

这两个字
在襁褓的时候
是两个乳房
在少年的时候
是两个酒窝
在成年的时候
是两个门环
妈妈走了
化成两颗泪滴
泪滴里
一只孤零的海鸥
苍凉地在飞

羡　慕

看见小狗

吃妈妈的奶
我的眼泪流下来

看见燕子妈妈归巢
雏燕叫着迎接妈妈
我的眼泪流下来

我想念自己的妈妈
妈妈去世四十五年了
那年夏天我十二岁

那不是初恋

五岁
或者四岁
春天的一个上午
一条小胡同里
我和邻家的翠儿
我给了翠儿两块糖
把她从胡同的那一角儿
迎娶到胡同的另一角儿
翠儿开心地剥一块糖含在嘴里
阳光暖暖的
我俩并排坐着

四十年过去了
我不知道那是不是初恋

下　雪

雪花纷飞
世界多么干净多么安静
梅花喜欢这样的天气吧
或许枝头香茗正浓
此刻
田野最像田野
房舍最像房舍

可以邀一位朋友
只能邀一位
可以来
可以不来
可以等
门外有无一行脚印都好

听　雨

没有风
没有尘嚣
天空
只专注地下着雨
这是前世的雨吗
怎么这样亲切
这是后世的雨吗
怎么如此苍凉
转眼看见镜子
镜子里的我
神情飘忽心事重重

深蓝色从蓝色里站起来（组诗）

王军辉（胜利油田）

石油是动词

抽油机减速箱内，齿轮与齿轮紧紧咬合在一起
机油一遍遍喷涂润色

劳模站长陈世文正带领员工铺设一条崭新的石油管道
撬杠、棕绳与几桢橘红色合力
弧光闪烁，汗珠滚落
一条内陆河汩汩而出

温压变送器计数着跳动的脉搏
大地深层的某一部分，在亿万年的沉默中苏醒
从生油层初次运移，到储油层二次运移
到人工井底，被抽油机、抽油泵合力拔出
“石油”的身世从名词正式转化为动词

论滨采人的预见性

抽油机皮带戛然而止
一口井陷入沉默
警报随即拉响
滨南油区的热土上盛开着石油、天然气
也盛开着火花与智慧——计划性停井

定置清单，这让所有的故障有了预见性
一切突发事件成为可控性，隐患按计划消除
严寒酷暑
一派，都是安宁温顺的样子

管道内外

石油在输油管道里流畅地行走
后来石油凝析出蜡，管壁结出垢
成为输油管道的暗伤
恰似一条人体大动脉的血栓
栓子越养越大
随时堵塞、致命

一瓶疏通剂成了迫在眉睫的紧急之需
后来，管道外的滨采人
研究、剖析、试验
清防蜡、酸性阻垢剂
成为一味良药
它们是血栓的溶酶
万里征途的通行证

荒野中，滩涂里
油井矗立的地方
再也没有软肋

致李军老师

李军老师，胜利油田技能大师
作为他的弟子
我的身上自带荣光

初入平方王油田时
理想与现实的落差让我支离破碎
李军老师，以一位长者的风范
抚平我，教导我，引领我
将他优秀的品质传递给我
我在工作中一点点接受自我、改变自我

现在的我
已经扎根平方王油田
挑灯夜战的时候

李军老师会化成光和热
跳出来鼓舞我

深蓝色

年轻时的深蓝色
是军舰上的哨兵，守卫着一方蓝天大海
蓝天偶尔翻脸

大海时常发怒
除了他本人
暴雨和巨浪能让整个世界颤抖

转业后，他来到平方王油田
孤独的时候
深蓝色的抽油机是他唯一的伙伴

从大海到陆地，那一抹深蓝早已成为他梦的颜色
他是摄影爱好者——肖金碌
他喜欢用相机拍下石油人追梦的样子

他在指挥流水

在这片蕴藏石油的热土上
他有最“阔”的出身
他是海归
他是“油三代”
他身上遍布石油的基因
他是油田胜利新星一等奖获得者
地质技术员赵邦麟

在平方王油田
他能轻而易举地指挥流水
进行地下水油置换
他能对区块油藏进行精准分析
在他的引领下
我们能清晰地走进一口井的反面

滨南展厅的故事

铝盔、道道服、28 自行车，手绘流程图……
展厅有了博物馆的质地
一些老物件
靠沉默将一段故事打开

铝盔上有前世的伤痕
道道服呈现出古老的褶皱
28 自行车仿佛昨日刚被人骑行过
手绘流程图上清晰标注着每条管线的尺寸、长度，以及铺设情况……

在这里啊！
老石油们的故事讲也讲不完
同时被陈列的
还有滨南采油厂并不完美的童年

苍穹之下的安装队员

一双挂钩，是另一副手臂
从地面到梯子的顶点
有十二米的高度
在这十二米里
赵荣清攀爬了无数次

在南海井工厂
他需要将一台抽油机
立在 12 吨重的水泥基础上
在风声、哨声、指挥旗的呐喊声里，吊车的吊臂精准位移
找平、挂钩、辅助扶正、夯实基础……
他的眼睛像鹰一样锐利
他每天最安心的时刻
就是看着深蓝色从蓝色里站起来

一把闪光的钥匙

把房子建在春天里

抬头就看见了蓝天
大雁正驮着一粒种子
藏进白云
脚下是白鹭湖
风把湖面吹皱
鱼群在水底遨游
这里就是我的家
黄十五渤一，白鹭湖畔
在这里，我把唯一的钥匙交给幸福
蓝天可以自由地出入
我也是自由的
我有自己的住所
我可以安心踏足这片热土，放飞梦想

十九年前，我还是个毛头小子
生活总是拮据
十米见方的宿舍环境把我禁锢起来
白天，我在单位编写作业设计
夜晚，我在灯下苦思冥想，奋笔疾书
后来啊，我遇到了她
明眸皓齿，楚楚动人
她眼睛里的温婉，一不小心流进了我的身体
是我太贪心
总想给幸福找一个落脚的地方
从此，拥有一所属于自己的房子
成了我可望而不可即的白月光

东拼西凑，却还有一步之遥
理想的金子被现实的洪水冲垮
我在通往幸福的路上被按下暂停键
没想到的是
胜利油田住房公积金惠及万家，春雨一般，为我带来了甘甜
它像一把闪光钥匙，为我开启了幸福的大门
终于，在经纬交织的期待里
我如愿娶到自己美丽的娇娘
我们成功买下属于自己的房子

我们在自己的小巢里种植流水、骏马、羊群、心跳……
我们在两个人的小天地里挥洒汗水、泪水、青春、梦想……
日子开始疯长
空气中有了泥土的芬芳和炊烟的气息
我们的爱在公积金播撒的福泽里
生了根

诗与思：在城市工作的石油人（组诗）

尹　聿（河南石油）

和勘探队一样不停搬

清净从市中心搬到了三环外
繁华短时间便尾随而来
人，车，人流，车流
企图便宣告破产

搬家的想法是：
为了环境的安谧
不惜牺牲繁华和生活的方便
起初，这都得到了

如今，又有了搬家的念头
更远的四环已经成型
与未来的五环之间旷地辽阔

可未来发展空间
将有无法预知的大
还搬吗

为寻觅人生安静的资源
搬

郑州的钟声

为了准确定位郑州
请让我摊开一张中国地图
在中原的河南看中部，郑州
坐在弯曲的黄河岸边，静观世界
为了更准确认识郑州
请允许我再铺开一张郑州地图

我们将醒目地看到二七广场
听到二七塔上的钟声响彻喧嚣市声之上
广场上音乐喷泉帕瓦罗蒂的高亢
仍然掩埋在嘈杂的市声之中
郑州高铁东站和新郑机场
把耳朵伸过来，听到了
钟声与音乐的混响。在东区
广阔的大地上，自贸区
圈起来了，听到了
郑州的钟声，纷纷支起了耳朵
从地球的角落，伸了过来

郑州福塔：站在城市最高点

我站在郑州最高处俯瞰
那是四周原野包围的一片戈壁滩
而不是沙漠，沙漠风吹着会动
而戈壁，坚硬的静止
一幢幢高大的建筑
像一块块碎裂的石头散布
盖住街道，挡住道路
高大的树，也被掩埋了
公园更加低凹，一个坑，一个坑
人在哪里，消失无踪
更别说鸟和蚂蚁
撞死在石头上，或者
碾轧石下而死
我们的城市不是沙漠，而是
遍布冷漠坚硬石头的戈壁
我站在城市这个最高处
被一块巨大的戈壁石压迫
我不喜欢这里，我伤心
它让我看到了城市的一切
包括真实

在楼顶看到了什么

在 34 层楼顶看郑州
郑州基本都掉在下面了

汽车很小，更别说人
都在动，慢得急人

那些远处高出楼群的个别建筑
像城市的神，日夜不睡

更像辽阔草原古老的牧民
袖手抱着鞭子

城市无动于衷
低头走着路，闭眼睡着好觉

春　曲（组诗）

刘能国（江汉油田）

绿染江汉

春风吹绿了江汉水杉
更吹动了石油人的向往
春雨滋润了田野
这里的绿草如茵
这里的白鹭翻飞
从一场春雨开始
绿色的春天
在百里油田悄悄萌芽
林立采油树中
抽油机起伏之间
光杆完成一次冲程
而盘根却在打磨中
发出耀眼的光
当光杆拔出泵筒
管道的脉动就跳动一次
石油人的家国情怀
一直在祖国的脉搏里
从未停歇

采油女工

你肩扛的管钳
像魔力音乐会的指挥棒
轻轻一挥
荒原浅滩上演了一场
鸟儿欢唱

井站欢唱
油流欢唱的盛会
于是采油树下
有了火红青春的飞扬
有了油浪滚滚主题曲
那绽放树枝头油花朵朵
是你执着追求的见证

你手中的样桶
像提着装满油花的摇篮
轻轻一提
就装下了荒原日月星辰
千米地层的油藏
还有父辈未竟的使命
从此摇醒了甜美梦想
摇来了油区灿烂春光
你风雨兼程追赶花期
走在充盈石油芬芳路上

井场的月亮

山峰叠翠湿热而神秘
小鸟的鸣叫清丽而婉转
那片孤寂的井场
伴着他的身影
默默嵌进这无名的深山
每当凉风习习的夜晚
他总是在井场钻塔上远望
溶在山林里的
是一轮朦胧的月亮
谁也摘不走
这枚思乡的徽章
大山珍藏了他的记忆
酷暑蒸腾了他的希望
井场旁盛开着一株幽兰

向他发出诱人的馨香
多少个思念的梦境
他对大山讲
等待他离开这个地方
一定也会站在故乡的街头
把思念的缆绳
抛向井场
就像现在思念家乡一样

与你同行

三月的鲜花
芬芳了你的名字
三月的日记
氤氲春天般的温暖
有限的生命无限的爱
拨动每一个人的心弦
点亮青春，蕴含希望
二十二个春秋
一步一个脚印
走出一道光荣的足迹
永不生锈就是与时俱进
螺丝钉的光芒融入时代底色
当三月甩开冬的束缚
带着春的韵脚
走进满眼春潮的段落
一部继往开来的名篇
便在大地上渲染绿色
春风春雨春雷
起劲演奏同一首歌
《学习雷锋好榜样》
叩开每一扇心灵之门
滋养向上向善的土壤
我们记住你的微笑
播撒善意的种子

在奋斗的每一天
与你同行

在春风里

钻探油气的我们行走在远方
热血温暖了山川河流的苍茫
倾听涪陵气田风雷的吟唱
品味石油花开的芬芳
一路高歌一路追逐梦想
炽热的初心渲染了时光
我们曾遇到坎坷
但从未放下负重的行囊
前进号角不断被吹响
奋战在井场书写坚贞的信仰
用油气点燃万家灯火
无私奉献只为那份荣光
钻探风云与梦想遥遥相望
晶莹的汗水挥洒在井场
江汉人的誓言字字铿锵
披荆斩棘风雨中成长
一路欢歌我们并肩向前
驰骋井站看红旗高扬

石油史（组诗）

黄　慧（江汉油田）

石油起源

地球上多少草木
在自己身体里打坐
从洪荒时代一直打坐到中生代
修炼出一颗颗金心

突然被闪电劫持
藏入大地
又被翻滚的地层裹挟
草木坐化成佛
一尊尊沉入“海底”
从中生代地层
一直陷落到新生代地层
如漫天降落的星星雨

多年后
不为人知的“海底”
闪电劈不开的峡谷
地层波浪
一本本翻开白垩纪　侏罗纪的书页
发现草木已经碎成了千万个水滴

它把自己修炼成一片黑色海水的模样
裹挟星星点点的金子
为了有朝一日重见天日
如雨水站在大地上
向着故乡举起一片黑色的星空
喊出一团火

石油开采

钻头打入地下
给大地打出一个嗓子
大地滔滔不绝
说出黑色的肺腑之言

这些语言
喷薄而出
和日光一样汹涌
可以燃烧成金子
和月光一样沉默
可以温馨成万家灯火
和人的眼珠一样黑
可以带来光明

夜里
大地会把自己的语言堆砌起来
堆成一座高耸入云的钻塔
上面爬满工人
——穿着红工衣的形容词

天然气开采

巴山动
夔门开
江水走入峡谷
怒吼着　怒吼着
高扬雷鞭　频动电眉
赶出来一群巴山的云
沿着大巴山山脊
往神女峰放牧
云群用雨蹄踏落一线蜀山青
化为一条与绿色私奔的乌江
天开了
水活了

两岸的石头全发出呜呜的风声
一群穿着红工衣
与火光同色的人
正在这里寻找一本本
用页岩编辑成册的
光明之书

当年
巴山云
拖拽不住李白出蜀国的步伐
被倚天剑裁成三截诗句
藏在涪陵的页岩里
经过浩瀚岁月
慢慢繁殖出一本本由火光书写的书
以页岩气的形式被重新发现

江汉人
就是举着火把
打开这本页岩书的第一批人

页岩上
火光的字迹
神秘的巴山新语言
被存放在涪陵一座座浮屠似的钻塔里
等待山外来的红工衣
“翻译”李白留下的这股盛唐之气

每开采一口气井
就是在翻译一种新的语言
来自大地深处的肺腑之言
那些新语言啊
好像火凤凰在涪陵的山间破壳而出
带着盛唐的基因
与长江并肩飞出蜀门
抵达江汉
奔跑在自由的东方
给整个中国带来光明

这里好似一片巨大的“译经场”
每座钻塔
好似一座盛放大地“真经”的浮屠
红工衣手把器具
在“研究”一个个
来自页岩宝典里的气化文字
涪陵每一次“顿悟”
就是一片光明在夜色里的山脊奔跑
从涪陵向全世界奔跑出新的能源领土

这里好似一片栖息火凤凰的梧桐林
四处蕴藏着盛唐之气
散落着火龙的鳞片
等待红工衣不断唤醒石头里的灵魂
把气龙的鳞片拼合成一张光明的地图
写下大大的“中国”

奔跑吧
山脊上的火种
舞动吧
钻塔上空飞翔的凤凰
浮现吧
页岩里神秘的“文字”
喷吐吧
一片在巴蜀大地浮动的盛唐之气

石油人

日头滚动着云头
红工衣滚动着他
把一种颜色
从日头
逐渐滚动到他的心中
他仿佛浑身冒出火焰
从油井捧出滚烫的光明
不喊一声热

岩心翻译着大地
泥浆翻译着他
把一种重量
从大地
逐渐翻译到他的身上
轻盈的雨水
打在他身上
也笔直地流淌

月光呢喃着雪花
水杉呢喃着他
把一种温度
从雪花
逐渐呢喃到他的梦中
所有的过客
路过他的梦境
都会化为一片翻滚的海

坐在大地上
他是一块沉重的形容词
站在井架上
他是一把快捷的动词
面对世界
他是一个不动不摇的名词

透过纳米级的显微镜

徐智华（石油工程）

透过显微镜，我看见——
石油的前世今生
石头不再是石头，泥巴也不再是泥巴
泥岩、砂岩、灰岩、页岩
泥质灰岩、灰质泥岩、泥页岩、砂砾岩
岩层，冰一样封住了干涸的咸湖
波光里，鱼儿游动的身影
固化成一抹飞白
藻类生长过的泥巴里
远古的叶绿素凝结出的墨色，深浅不一

石油呈现出斑斓的色彩，不再是黑色的
有沙漠里夕阳的红色，薰衣草魅惑的紫色，还有
闪着荧光的绿色，像萤火虫闪烁的微光
石油教我重新认识色彩
眼睛看到的黑不是黑
那些看不见的才是真正的色彩

透过纳米级的显微镜，致密的岩层里
长出孔洞，暗自连通
无数条路，伸向不同的维度
那些看来坚不可摧的磐石里
遍布着四通八达的路
正如当年，为了找油
石油工人们从五湖四海会聚而来
用双脚踩出的路，遍布祖国大地的每一处

几十台压裂车，引擎轰鸣
如万马奔腾，踏过冰封的湖面
古老的岩层应声碎裂
小路连通成康庄大道，
彩色的石油喷薄而出。

一个人的月光（组诗）

咔　咔（胜利油田）

蒹葭

不知活了多少个月亮
矗立风中，蒹葭怀抱白霜
宏大地盛开，比月光清冷
就像一个人站在这里，被时间遗忘
风吹进辽阔的心房
月光是无边的寂静
寂静是无边的月光

月亮坐在天上

月亮坐在天上
心中装满石头
一个人太轻，会被风吹走
这个任性的女人
瘦了又胖，胖了又瘦

狩猎

心中奔跑着奇异的兽
猎人说，你追兽
兽也追你
半生都活在追逐中
比猎枪更快的是兽
比兽更快的是光阴

月亮奔跑

月亮奔跑

一半是风，一半是豹
我想和你一起看月亮
风在旋转，豹在跳跃
这是最美的时光，让人天真与遗忘
月光里，有无数条路通向你
万物生长而群山回响

梦境

夜是只巨大的鸟
古旧的翅膀，盖住万物的苍老
风把大幕布置好了
黑兽藏在黑里，白兽藏在白里
黑和白都危机四伏
谁在打鼾
灰色的人奔跑在灰色的梦里
耳鼓被风灌满
大地晕眩，月光迷蒙
做梦是件勇敢的事
夜也穿不透这起伏的情境
虫低鸣，兽静伏，鸟沉吟，人不语

起风了

起风了
月光下流行拥抱礼
风拥抱草，草拥抱大地
万物在练习爱
一只虫拥抱另一只
一只兽拥抱另一只
一只鸟伸开羽翼，轻轻拥抱自己

从卡日曲到入海口（组诗）

李　滨（胜利油田）

青

这些光线不断变换姿态，随物赋形
急切寻找着云阵之间的缝隙，抵达星宿海
平静的水面，像逆流而上的鱼群一样虔诚
血迹未干的太阳，在蔚蓝与碧绿的交界处
逐渐展开蜷缩的身形，开始扇动翅膀
终于能够飞翔，追逐那些逐渐远去的大鸟
五颗在各姿各雅山坡滚动着的琉璃：金木水火土
汇成的涓涓细流，亲吻过一朵小花的羞涩
河水变动不居，是光影的追随者？还是
受到神秘的指引，在黄土地上尽情奔涌着
最后在入海口轻柔地睡去，一呼一吸
胸口起起伏伏，呼应着月亮的阴晴圆缺
大海敞开心扉，容纳大河的泥沙俱下
金戈铁马，穿空摩崖，都隐身于云的铜钟中

蜀

四周围拢而来的山峦，因激动
而变得呼吸急促，不停向上
伸出粗粝的手掌抚摸着白云的发丝
季节性迁徙的牛羚，用坚硬的蹄子
对柔软的诗书刨根问底。鹰击长空
影子锋利，犁铧般在若尔盖草原
腹部翻起波浪。贡嘎山峰峦如聚
高举汉白玉的酒杯，它要把
满泸沽湖的清酒献给谁？是醉酒的诗仙

还是守护对面大江的历历十二晚峰
朝霞中神女峰走出命运的悬梯，急切地
向这边遥望。扭头北去的大河，义无反顾
河水在急转弯处思绪澎湃，用小篆
在大地的书页上描出一个大大的“水”字

甘

铿锵的琵琶声在翻滚的水面上烙下
细腻的印迹，和崖壁粗线条的岩画相比
更让人明心见性。石林表情肃穆
内心却涌动着波澜，严阵以待的
士兵方队，见证过嘉峪关的烽火三月
玉门关战马的嘶鸣，也曾醉倒在
酒泉温柔的臂弯里。张掖、武威和兰州
这条静脉的连线和奔向西北动脉的大河
共同织成绸缎的一角，明洁的光芒，照亮
层层叠叠岁月间的缝隙。大河弯曲
清与浊分开，开始混沌，勾勒出一个
阴阳交汇的太极图，拉脊山、查灵海，就是其中
的阳眼与阴眼。当“秋水时至，百川灌河”
波浪锤击岩崖声音如急促的战鼓擂响

宁

大河之水在夕阳下波光粼粼，身披黄金甲
从对面横亘下来的贺兰山，这匹曾经
桀骜不驯的骏马，绵延四百里
用宽厚的脊背阻挡了八百里加急的朔风
让风起云涌的塞上，开辟出风景如画的江南
摩崖上那些至今仍在奔跑的影像
由祖先灵魂的闪电在岩壁上炙琢而成
记录着和大河之水有着同样肤色的人们
苦难并辉煌的过往。在青铜峡，沸腾的铜汁
浇铸为耒耜的形状，每一朵浪花，都抱起双拳

不停向三不入家门、划定九州的先贤致敬
西夏王陵九座墓塔，在正午阳光下
显得格外渺小。河水滔滔，无休无止的罡风
见证过多少王侯将相都淹没于岁月的尘土之中

蒙

伏羲手拿矩尺丈量土地，呼应此处大河的流向：
横平竖直，巴彦淖尔位于矩尺的顶点
阴山蜿蜒起伏，披坚执锐，长城烽火台
怒目圆睁，狼烟仍在高空扶摇，迟迟不肯散去
共同守卫着沃野千里、水草丰美的河套
持节牧羊的苏武，将不屈的背影敲凿在
呼和巴什格山的胸膛上。王昭君，因为天生
一颗不肯媚俗的心，而逃出黄金打造的牢笼
红颜不薄命，她以母性的柔情，融化了
苦寒之地的乖戾。大雕羽翼丰满，直冲云霄
早已与弯弓的铁木真和解。乌梁素海
这颗大河的遗珠为她捧起汇入的五条小河：
蓝白黄绿红的五彩哈达。洁白的羊群逐水而居
体味着呼伦贝尔草原上的春风秋月，年复一年

陕

潜龙腾渊，冲决昆仑的河水不可阻挡
粗犷奔放的信天游、“嗨、嗨”低沉铿锵的
船工号子，跟随奋蹄牛群，在水面上疾驰
直冲两岸壁立如削的龙门，河水咆哮而出
声如擂响大地之鼓。黄帝陵掩映在青松翠柏间
风水轴线追寻“龙脉之祖”走在同一维度上
他从来没有老去，亲手种下的柏树四季常青
见证过五千年风霜、多少王朝的更迭
华山挺立于四方之中，如剑锋般直插云霄
五大主峰分立五个方位：东西南北中
绽放如玫瑰花，其服如华，深入骨髓的图腾

一万匹纯种的蒙古马乘山势碾轧而来
嘶鸣声不绝于耳，岚风在山涧中呼啸盘旋
腾空而起的七彩云雾就是秦晋之好的盟言

晋

在老牛湾，大河柔美的曲线毕现，鬼斧神刀
一夫当关的长城，在这里与大河握手言欢
千年不散，把刚柔相济展现得淋漓尽致
“盖河漩涡，如一壶然。”河水裹挟着黄沙
惊雷滚滚，冲开一切羁绊，一头扎入龙潭
共工怒触不周山的天崩地裂都难以望其项背
阳光下，旋飞的鳞片比七夕的鹊桥更胜人间无数
尧帝住茅屋、吃糙米，和风细雨般润泽他的人民
命后羿杀死六兽，射落九日为民除害
开驯服肆虐洪水之篇，高亢的民间小调
一再传唱着由赤龙护佑而孕的尧母庆都
鹳雀早已飞远，只剩六层危楼被大河揽在臂弯里
几度沉浮，老僧入定般心无挂碍，那些蹦来蹦去
呱呱噪噪的燕雀怎能静下心来体会其中三味

豫

女娲就地取材，抟河边泥土做人
于是皮肤就有了黄铜的颜色，大河的胎记
她累了，躺下来眺望，惊叹于夜空的洁净
于是有了黑色的头发、黑色的眼睛
轩辕氏也生于此，有土德之瑞，呼应着黄字
他与神农氏身形巍峨如同巴颜喀拉山脉
大禹劈山定“人、神、鬼”三门，是为三生万物
水抵达此三峡，崖石穿空，乱云飞渡，为女娲
摔绳做人的随意挥洒而心花怒放。夸父为民请命
舍生取义，化作山丘、桃林，庇护一方风调雨顺
开封，曾经的八朝古都，昔日高高在上的烟云
都随浩荡的波涛付之东流。清明上河图中

形形色色的布衣，他们的叫卖声、吵闹声、读书声
此起彼伏，不绝于耳，同河水一样生生不息

鲁

过了最后一曲，由壮怀激烈、万马奔腾
变得胸怀坦荡，容纳百川。看，在岸边
圣人扼腕长叹：逝者如斯夫，不舍昼夜
河水继续向前延伸，对此不置可否
东岳腰背挺直，向远处眺望，双手捧起
蓬勃的日出，郑重地挂在大河的脖颈上
泉水叮咚，七十二泉用双手张开的花瓣
迎接雪山来客，寻找由“龙脉之祖”滴下的
第一滴凝结的汗滴、玛曲河里游鱼的音符
大河开始俯下身子，呼吸着三十里槐香
伴随着天鹅的芭蕾翩翩、白鹭的浅吟低唱
带着微笑安心入眠，梦回她的源头
卡日曲的五个音孔：宫商角徵羽
金声玉振，枕着编钟十二律涌入大海

石油蝴蝶（组诗）

任　真（胜利油田）

孤东一棵树

在荒原深处，一条河深埋着火
一棵树。晚霞收拢彩色丝线
深扎的根须在咸涩的岁月里
卷曲。拽紧风雪浸润的年轮

更远处是许多从石油人脊背上
生长出的钢铁翅膀，和许多
弯曲焊接在一起的钢铁血管
它们都是根须的一小部分

花　儿

从没有树的石油大漠
回到故乡的人
喜欢看阳光透过云层
打亮树叶的边缘
打到一棵树的干上
扭曲的伤疤在闪烁
他的心放下了
热爱一朵银河样子的花

孤岛镇的花海

俯拍金鸡菊
仰拍天人菊
平拍小雏菊
漫步在花海里
你当着上帝蚂蚁和人

一架架钢铁的抽油机
在不远处前后错落
是一些生长在太阳河上的花朵

后　窗

那天傍晚她要走了
我站在后窗望着背影
深秋弥漫淡淡的雾气
挡着时光和梦境

后来搬了许多次家
后窗有荒原和抽油机
也有了霓虹灯和车流
更有月亮和广阔的深黑

我现在还是喜欢站在后窗
能看到世界的另一个面

三十年前的一场暴雨

一场夏天的暴雨
把工鞋灌满泥浆
我是作业 208 队技术员
在井上带班
雨敲打着安全帽
砰砰响着
脸上还没有雨水
保护着眼睛里的小火焰

周末小记

石油父亲在韭菜地里拔草
母亲在摘豆角
石油儿子在浇水
清亮的时光顺着根系

抵达西红柿的花朵

是啊，多么安宁
父亲八十四岁
母亲八十岁
我五十七岁

天上的云好久没有移动

时光是雾状的

记得三十年前
坐在值班房的门口
银河在头顶上悬挂
井场的灯光里
大片大片的苇絮
捧着晶莹的露珠

现在走在锦华公园的
木栈道上
东一路的车流喧嚣
湖边的苇絮上
有一层薄薄的光雾
我身上也有

春天，粉刷抽油机

又是春天了
我们粉刷抽油机
把斑驳的岁月
藏进太阳的一抹红里
生锈的螺丝敲松卸下
打一层营养的黄油
加上采油工人的时光
用力拧紧

绿草擎着白的红的花

春风把它们抚摸一遍
把淡的芬芳揉搓了一遍
在抽油机的钢铁缝隙里
在采油工有些斑白的发丝间
轻轻轻轻地又抚摸了一遍

夏雨潇潇又砰砰

周末傍晚
油田老队长
七十多岁的兄长
喊喝酒

下午天凉爽了些
云叠出岁月的地层

菜是家常菜
酒是马场酒
雨幕交织出遮挡

雨水在菜园的地上
点破各种水泡
生锈的板房砰砰响着

雨爱怎么下怎么下
灯越来越亮了

石油小站

一切都是慢的
窗前苇子摇着去年的灰絮
逝去的就是留下的
抽油机的歌谣有一点唠叨

一切都是快的
秋雨一停白雪就降临了
身前就是身后的
种菜的老石油已离世一年

苇上的麻雀从来也没有离去
一切都是快的也是慢的
鬓角的雪覆盖到了头顶
一切都是慢的也是快的

时光的铁马

在石油小站中行走
突然想到了一个问题：
“这三十五年来，
你见过多少机型的抽油机？”

人的一生
抵达不了太多的地方
时光的铁马
却在悄悄地更换

五公里的圆和寂寞

采油小站里的灯
被我关了
玻璃上是院子里
三米以上擎着的那盏灯
投射到眼眸中
一些斑斓的光点
一团荡漾的光
一封投到地板上的信

五公里有多远
高擎着的梦
抵抗多少寂寞的
黑和遥望
风雨雪霜哟
五公里的远和曾经
摞起来多么厚
融化了是多少方野水

回归荒原

墨 兰（胜利油田）

罗布麻

以诗歌的手法，复述一种植物的存在
确认后，再发送出去
这是一个有趣的灵魂
花朵，委婉、深情，情节可删、可鉴

路过这里的人很少、很少
我的到来，也只是一场意外之中的意外
太阳透过叶子的间隙，呼唤泥土
把它揽入怀里，又悄然远离

有一种情愫，是来自生长的植物
我听到，潺潺的流淌声清澈、明丽
荒原，是一个历练的道场
从来不在意风的凛冽、雨的嚣张

寒 春

倒春寒，封杀了枝头的花朵
暖流失去跨越长江、黄河的勇气
一切，好像是天意
掩藏了春天的风骨，进化的江河

寒流沿着季节的边缘，逆流而上
它的锋芒，刺穿了地平线
冰冷、炙热各占一半
苏醒过来一生，沉睡过去一个冬季

旷野环抱着躯体，我们进入不到它的腹地
冷空气在蔓延、伸展

石油人的队伍横穿荒漠、戈壁
每一片苇叶，形同一把开启大门的钥匙

页岩区

这是我再也触及不到的板块
失去了素笔，只是一个擦肩的行人
路旁，树上果子都淡妆上场
车轮碾轧着地面，金属的回音一声比一声响

页岩、压裂这些蹦上地面的名词
杨树林、玉米地，一个新型共同整合体
每一块钢板在自然界以外，传递信息
能源，必须掌握在自己手里

风，从进口随我窜入林中
只听鸟鸣，抬头寻不见枝叶下的身影
这是一场没有硝烟的战斗
新一代石油人，布局技术开采的高端阵地

问　风

我与风说：可否继续往北吹
为何？它歪着头问
去一个地方，替我去一个地方啊
看看一些人，问候一片兰花

浅雾，向来自由、散漫
遮盖住心事，从来不说给外人听
夕阳、归雁衔着弯月
谁在听，野风的号歌、大地的脉动

此刻，我舍不得又放不下
看不见的脉韵，流动在荒野之上
汇成一条欢腾的小河
缓缓地，缓缓地从我心上淌过

回归荒原

我该以怎样的方式，打开这青铜之书
又以什么样的文字来描述，荒原
在心里，一遍一遍地问自己
翻开一本书，又合上一本书

那些繁丽的辞藻，正藏起来睡大觉
我，伫立在这里
看天边的云霞，夕阳中的钻塔
听，鸟儿歌唱，野花、野草们的对话

五月的槐花，忘记了捎上我的乡愁
被风那么一吹，消散了芬芳、一世的情缘
我盼着芦荻银发如雪，铺天盖地
锁不住一颗心的狂野，走不出的今生荒原

风中行走

我们是风中行走的石油女子
一片云里参悟，观，水中的流光倒影
荒原，你、我共同认知的符号
一个图腾，一个氏族

春在秋的翅膀上，潜伏
冬，攀折着气流弥漫至夏季
太阳穿起时光的盔甲
在不同的区域，勘探、挖掘相似的岩层

这是一座丈量不出面积的庙宇
紫气从东山升起，晨钟又向远方传去
我以北方的野花，为佩
风起时，听风
雨落时，看雨

石油岁月（组诗）

尹希东（胜利油田）

重温《夫妻井》故事

一个男人
一个女人
一个儿子
一只卷着尾巴的大黄狗
还有日出日落
星星月亮
共同生活在荒原深处
一年年走过春夏秋冬
共同看护着一口油井
这个故事并不遥远
仿佛就发生在昨天
蓦然回首，时光已过三十余年

男人、女人
地地道道的山里人
那一年，男人告别贫困的山村
来到荒原深处
又一年，已是男人妻子的女人
也一同来到了荒原陪伴

虽说山村很穷，但有炊烟、鸡鸣与狗叫
而荒原，满目单调、孤独、寂寞
野苇无边无际
红荆无际无边
风一年刮两次，一次刮半年
蚊虫从清明到立冬一直飞舞
雨后的土路，沾满泥巴

更是让人迈不动脚步

虽有无数次后悔，但为了生活生存
最终，他们成了那口油井的主人
蓝蓝天空下
绿绿草丛中
夫妻井站，如同一幅水墨油画
点缀在旷野的世外桃源
远远驻足，夫妻井像一只小船
漂泊在大海一般的荒原
荒原里的天，黑下来时
那小板房里的一点亮光
如同一粒晃动的星光

又一年，荒原里的红荆花簇簇盛开
男人和女人有了爱情的结晶
儿子的出生，改变他们的人生
干劲满满，保养油井
他们给儿子起了一个名字叫“大山”
“大山”的哭声笑声，美了夫妻心情
看见儿子荒原小径上蹒跚学步的身影
早已忘记了荒野的孤独处境
他们从老乡处讨来一只小黄狗
儿子和小黄狗一起玩耍嬉戏
男人和女人则扛着工具上井

一年年，红荆花败了又开
一岁岁，红荆花开了又败
风沙，伴着四季轮回
荒凉，伴着星月绕怀
荒芜没有使他们寂寞
他们热爱这片广袤和油井
日出日落写满了油井眷恋和未来

那是一个夏末的夜晚
荒原上狂风伴着暴雨
电机烧坏了，油井停产了

通信失灵了，板房漏雨了
男人穿上雨衣
一头扎进了茫茫的雨夜
凌晨，男人红着双眼回来了
女人看着满身泥泞又疲惫的男人
鼻子一阵发酸，扑在了男人的胸前
天亮时，夫妻井又开始了新的一天……

观《石油展馆》

一簇簇红柳
一片片芦苇
一方方盐碱
点缀着这片辽阔荒原的色彩四季

一间间红砖小屋
一栋栋蓝色板房
一阵阵狂风和沙土
装扮着这片旷野的野性与浪漫

一代代石油人
扎根在这片荒原上
这里，有他们眷恋的井架、钻塔、采油树
旷野的一草一木
他们与寂寞、孤独、海浪相守
吃苦耐劳，永不言败，无所畏惧

是谁在茫茫荒原，牵出那冲天的油柱
是谁在片片盐碱滩，闪耀出那黑色的光芒
他们是太阳的儿子
挖掘地层深处的能量
让祖国绽放出石油之花

清晨，太阳从海的深处慢慢升起
朝霞，映红了广阔的海面和海边的这条小路
一身工装，闪动着一群石油人的飒爽英姿
那串串弯弯曲曲的脚印

延伸进沟壑旁、草丛中、井场里的石油血脉
用信念百倍呵护地下最优美的乐曲

当暴风袭击，海潮咆哮时
他们勇敢挺直了石油人的腰板
多少次拼搏，与风雨抗衡
多少次激战，与昼夜相伴
困难再大，难不倒石油人
背负着历史的责任
背负着民族的重托
战天斗地，风餐露宿，卧冰踏雪
挑战荒原，彰显胜利雄风
沧海横流，方显英雄本色
当听到抽油机奏响的英勇“进行曲”
他们的脸上洋溢着飞扬的青春
那鲜亮的橘色像雪地上绽放的花朵般艳丽
石油人没有豪言壮语
却用行动奏响了生命最强音符

岁月是一首歌
那是石油儿女激荡起荒原的青春
奔腾起黄河的壮歌
岁月像一条河
岁月的河如流动的水墨丹青上
飘满石油人书写的瀚海之波
历史不会忘记
石油史册上记载着每个奉献者的名字
祖国不会忘记
石油大动脉上跳动着石油人的脉搏
油海作墨
井架作笔
永远写不完石油人的辉煌壮歌

看《油井放喷》

沉寂亿万年的龙吟虎啸

在那放喷的一瞬
犹如远古的回声响彻井场

一次淋漓尽致
是一回全身心能量的释放
生命的油流
只需要一个出口
足以燃烧成一轮喷薄的太阳

多少个打井的苦累日子
此刻化为一行行甘甜的泪水

塔克拉玛干的风景

王　鹏（石油工程）

二十多年的守护让我坚信
最美的风景就在这里
塔克拉玛干，它用宽广的胸怀和深邃的内涵拥抱我

一

你见过沙漠温柔的模样吗
它是一位美丽的少女
有着优美的曲线　乳状的沙丘
蜿蜒起伏的身体
孕育出一片金色的海洋

你知道沙漠隐藏的秘密吗
地下沉睡的条条暗河
掩埋着亿万年前数不尽的宝藏
只有石油人才能把它们唤醒
沿着近万米的管道喷薄而出
在塔尖，绽放出一朵朵蓝色的火焰

二

沙漠也有着率直性格的一面
喜欢这里的大风
它为我们和水晶般的沙漠加冕
十万颗砂砾，如十万匹战马奔腾
作为远道而来的主人
一身鲜艳的红色工装，如勇敢的骑手在大海中纵横冲浪

大风劲吹，吹黝黑的面庞
吹三十多万平方公里的辽阔
吹我额头的皱纹，越来越坚硬的骨骼

默默陪伴的九千米钻塔
它真的，像父亲一样沉默和稳重
它真的，像母亲一般温暖与祥和

三

从塔河走向顺北
再从边缘走向沙漠腹地
从青春走向鬓角白发的中年
从干旱荒凉，走向越来越茂盛的绿色
作为勘探开发建设的队伍
我们传唱的是石化铁军永恒的战歌

在这里，你可以尽情呐喊
远处的声音就会撒欢打滚儿地奔跑
它的神秘让我爱上这里所有的事物
那是一轮手捧的明月
一缕挂在安全帽檐的黄昏
那是囤积体内多年的陈酿
用我们的热血和汗水，在深夜燃起的熊熊篝火

四

笔直的沙漠公路
将大漠和外面的天空连在一起
一座座耸立的钻探
将现在和未来牵手相握
提速提质提产提效
我们共同驾驶起四轮驱动的高速列车

为石化四十周年的生日献礼
我们用厚重的犁铧
将表面贫瘠的土地耕耘
从无到有　从几十万吨到几百万吨油气
我们用深情的挚爱
将骆驼刺培育为心中美丽的合欢

将风滚草茁壮成身边千年不倒的胡杨

五

再立新功再创佳绩
要攀登新的珠穆朗玛峰
要建设更为宏伟的“深地工程”
新的征程等待翻越
你听
新战役冲锋的号角已经吹响

塔克拉玛干
这片大漠是我们成长的摇篮
这片阵地是我们挥洒才华的地方
做一个新时代的石化人
在风雪雷电里，锤炼战天斗地飞翔的翅膀
在烈烈锦旗里，去谱写一曲更为壮丽辽阔的篇章

钻塔情（组诗）

冯建州（石油工程）

致钻塔

扎根土地
立在天地间

烈日下
你是顶天的男儿
云知道

夜深了
你似挺拔娇羞的少女
月相伴

风起时，高声唱
雨来时，不低头
艳阳时，露出张张笑脸
一次次站起
一次次放下
纵云天
从不语
在荒原
不诉苦

井架工

钻塔照亮了夜空
二层台上
井架工手握缆绳
专注、淡定、从容
一手开启吊卡

一手推卸钻杆

这里
只有力量才会匹配游车节奏
这里
敲敲钻杆就是温暖的互动

搬　迁

井架正在搬迁新的家园
50 米高度的天际线
此刻回归了大地

几台吊车爬杆撑起人字
钻井工人不停地往复两点一线上
与时间赛跑
踏上又一次征程

钻　进

在井场
所有的实力
只有一个目的
都是为金刚钻头征服岩石助力
成眼
成型
成桶
成功

立井架

历经几天几个班的安装
铁销“做媒”
井架静卧蓄势

在井场
钢丝大绳

牢牢固定在天车上
如果，你是第一次见到
难免会心悬半空

司钻握紧刹把
传递动力
井架起身到 90 度
自信地纵立
挺直了“腰板”
接受风雨洗礼
在这里，力学用到了极致

当阳光穿过井架
露出千张“笑脸”
感恩现场所有努力的人

钻井泥浆工

泥浆泵冲振动着附近的地球
水平井施工已钻至井深接近 5000 米
工况惊心动魄
井场所有人在努力、在携手、在期盼
顺利中靶
毫厘不差

这个深度，泥浆到了最吃劲的时候
冷却润滑钻头、携带岩屑、稳定井壁、保护油气层
如同人体血液

这个深度，检验着钻井泥浆工是否真有才能
启动所有辅助设施
除气、降固
测量指标、观察液面、记录留痕

夜班钻进
整个循环系统雾气缭绕
钻井泥浆工不停地忙碌，几乎一刻不停

水蒸气中若隐若现
稳定性能

时间总是在空间中变成了一眨眼
朝阳微露
温暖着人世间
交班在即
钻井泥浆工顾不上清洗嘴角挂上的黑色酚醛树脂、顾不上整理
粘在身上的聚丙烯酰胺
拿起棉纱，擦亮罐面
跟上下班的队伍
向宿舍走去
一觉醒来
对话更远古的深度

在冷湖补胎（组诗）

戈　青（石油工程）

伙夫武二无米下锅

勘探队的伙房，金色稻田的友邻
炊烟在天空涂鸦，稻穗滚出一层层涌浪
热水在锅里饿得狂叫
伙夫武二在发呆，镰刀上依次闪过锅台、蓝天、白云
和金灿灿的光

灶火哔哔剥剥，风在禾芒上烧
虫子和青蛙在跳舞，千万条腿异常慌乱
人的心也跟着乱

勘探队从西边的晚霞里刮来
土味、草味、汗味、汽油味、轮胎味
淹没了丰收的醇香
武二无奈地闭上眼睛
大地垂下了金色的头

半个世纪前的情书

半个世纪前的情书
喂过烧饭的油炉和干打垒的鼠洞
羞于启齿，那些烫嘴的形容词和动词
印在 132 张星辰大海和奇崛峰崖上
像神经错乱的雪花
从武汉、黄河入海口、青海飞来
抓一把，当糖果吃
背着孩子们
中和一下
苦咸苦咸的生活

在冷湖补胎

摘掉树、花草、野兽和飞鸟
冷湖的胸腔一片白茫茫真干净
勘探队的卡车在缝合，针脚上有太阳和月亮的倒影

久违的生命气息
冷湖苏醒，战栗
疼痛从新长出的骨头和刺里钻出来
卡车停下，缓缓吐出最后一口气
像春蚕吐尽最后一口丝

驾驶员坐在冷湖上修补轮胎
像修补月亮的残缺
最后，用大风收针

宽　恕

固执、偏激、爱发脾气、不可理喻……
她几乎包揽了更年期女人的显著特点

金腰燕的巢穴几时空的，你不记得
甚至，你分不清那根板栗色羽毛是谁落下的
弄丢的紫罗兰色公主裙，再也回不来了
你翻了个身

大火烧着了物探队的仓库
齐腰深的水塘，她陪嫁的脸盆里盛满污垢
隆起的子宫，暖着五个月的胎儿和
一塘冷水
黑色房间里，火舌舔舐着她的故事

你轻轻叹口气，下床
掖好被角
她背过身，安静得出奇
一线粉红天光从窗帘的罅隙涌入

跟随一只鸟走进田野（外一首）

朱蜀英（胜利油田）

跟随一只鸟走进田野
走进一片苍茫

天空中有大雁的痕迹
南飞是宿命，即使地上有觊觎者
更多的是如我一般的仰望

天空不能再蓝
也许下一刻会有暴风雨的经过
一切都是未知

芒草一夜间变得枯黄
脊梁骨的柔韧只有劲风知晓

石油的时光

陪伴你的时光
有时是日落
那浑圆的落日变幻着瑰丽的色彩
渐渐消失在地平线的远方
有时是晨起
那绚烂的朝霞给我，给飞鸟
还有野水和蒹葭
涂上一抹靓丽的红晕
它扑捉着风的方向
风儿又扑朔着石油的时光
那些等待的日子里
有无言的沉默

还有执着的寻觅
整个的大荒原
也起起伏伏
石油的时光里
有了磅礴而出的狂喜

一个采油女工的表白（外二首）

肖长华（江汉油田）

水乡小路，弯弯荡荡
像 20 岁少女编制的许多细辫子
绿野铺陈，而采油树是不长叶子的绿化树
磕头机一点一点地
像个对答如流的大地的好学生

为赴一场石油之约
她，一个刚满 20 岁的少女
绾紧青春蓬勃的发丝
开始，给黑石油涂上水墨粉色
一个小样桶如装满的颜料盒
一把管钳似刚劲之笔
一本笔记像铺开的白纸……

纵横交错的人生之路
总有一条，是最熟悉的巡井之路
像一本书的经纬
一遍遍，打开又合上
取样、掺水加药、油压、套压……
这些，都是每天温习多遍的重点章节

是的，那个 20 岁的她就是我
青春的背影，留在远离江汉油区百里外
一个称呼“新沟”的小站
我蜕变了，破茧而出
从娇小柔弱的一个小女子
成长为属于一滴滴石油的女汉子
那钢铁般聚变的能量
我把它藏在油腻的、略显肥大的蓝色工装里

* 注：20 世纪 90 年代油田职工的工衣为蓝色。

小站学艺

每天 8 小时，穿梭于羊肠小道
小小油站，像藏在旷野深处的
一间小小教室

学本领，强技能，
挑灯夜读把师傅教的领悟重温
练兵台边，汗水一次次
混淆了墨水

严寒、酷暑，四季像树叶绿了又黄，黄了又绿
而采油树稳当端坐，它慈祥得
像个诲人不倦的先生

分辨油菜花和油花的不同芬芳
聆听光杆摩擦盘根的声音
听久了，偶尔辨别出
头顶那一抹蓝天下
一群鸟儿掠过，发出叽叽喳喳不同的声音

有时干线穿孔，有时设备异常，有时毛辫子断脱
像老师突然
又布置一道道加试题
员工们争分夺秒，攻坚克难，团结协作
即使挑灯夜战，也要把受伤的油管线
放空，打卡子，扫线……恢复如初
让长夜漫漫的黑“黄金”，不再白白流淌……

油田新貌

凝望四十年后
水乡的泥泞小路
早已被水泥和柏油马路碾轧一新
户户高楼、小洋楼
把耸立身边的水杉送上云霄

曾经的高产油井，走完自己的黄金岁月

更改别姓——注水井
曾经的低产液量井还在岁月的长河中
潺潺而流，像老祖母在缓缓叙述……

许多崭新井站，像那些迁徙的鸟儿
在水乡，安家落户
数字化、网络化、图像化……
每口井都有属于自己的 IP 地址和二维码
监控室里的电脑屏幕前，一览无余它每分每秒的表情

是的，江汉石油人
寻觅油气田的脚步从未停歇
八面河、坪北、彰武、涪陵……
把一个个曾经的盐碱滩涂，桥头堡，崇山峻岭
征服成根据地
只要心中怀揣“万千百”
石油人美好的蓝图就从不在天边，而在脚下……

黄色的笔写在蓝色大海上（外五首）

吴朝标（胜利油田）

巴颜喀拉山手持硕大的笔
手腕八十一抖
一笔狂草蜿蜒写进渤海

高原是最好的砚盘
黄土的黄是母亲的颜色
铺开的海水是承载文字的宣纸

一支笔一写就是几千年
每一次回转都是一次变迁
每一次着力都是一次高歌迈进

入海口拍岸而起的涛声
是黄河书写新时代的速度
黄色与蓝色交融如笔锋力透纸背

石油物语

我原本是地下千尺
被封印的执念
每一次出离
都要绕过侏罗纪坍塌的岗哨
在玄武的石头堡垒下聚集成湖
等待拯救的铁

我想我应该是红色与坚硬的
这才是我的秉性
只因在幽深与逼仄中囚禁太久
我披上黑色的外衣
以水的无孔不入隐藏行踪

我有几万万年积攒的能量

时时渴望被抽取出来
被读懂与安抚后变成蓬勃的火
即使呼出的气体
也化作不灭的灯盏
这时，我遮蔽的外衣
都变成缕缕青烟匆匆逃离

我不停地喷薄或燃烧
喷薄成工业前进的动脉
燃烧成新时代伟大复兴的信仰
我毫不吝啬献出全部
包括我的残骸
要映红石油人黝黑的脸庞
要给大地铺下一万条
通往幸福，抵达家国的路

大海与黄河在入海口对饮

大海在城市之东
黄河从西边赶来赴约
东边的东边还是大海
西边是巴颜喀拉山
入海口的对饮已持续千年
胜负无从考证
酒杯有两种底色
天空的蓝和黄土的黄
推杯换盏的涛声
泾渭分明日夜不绝

从渡口坐船往东
只为一睹黄与蓝的较量
汽笛如祝酒的辞令
船头分开酒杯的缝隙前行
看不见持杯的手
只看见盛满的杯和溢出的酒
一次次醉了天际

有人在船头束手长望
有人打开双臂
像是要一手抓起一杯，畅饮

雨之惑

乌云抛下多余的负重
我们称之为雨
它产生的开端
是一些水分子的凝结

在此之后
晶莹的外表之下
所有的冷被迫打包
交给世人的只是
坠落中酣畅淋漓的一面

天和地在一场雨中完成约会
然后滩涂重生，雨低调归于无形
再大的江河与湖海
都有雨来过的粉身碎骨

而一滴雨只打湿一寸土地
一大片雨落下来
就是一大片全新的世界
这世界从不缺少雨滴一般的渺小
只是我们，有时选择视而不见

钓石油

水熄灭不了塔尖的火
鱼钩拉不起白云
神仙沟是一面硕大的镜子
装得下人间倒立之物

石油人和钻塔
一个在岸边，一个在岸那边

身影站成塔的巍峨
握过管钳的手再握鱼竿

钻塔顽强挺进的时候
丝线在水中颤动了几下
刚欲上钩的鱼儿又逃开了
石油人笑着，他看见了钓出的石油

警花与春天

春天里，花朵正在悄悄酝酿
准备将姹紫嫣红
开在人来人往的岁月里
很多人不曾注意，在油城基地
“警花”一直开到极致
从未因乌云遮挡天空
黑暗阻挡光明而轻言退场

生活中总有旁人看不到的部分
背影里总有道不明的辛酸
花的本质固然应该是柔弱的
只因这藏蓝色的盔甲
日复一日地滋养，年复一年地锻造
男儿的刚强已深深植入筋骨

多年来，根扎得越来越深
花开得越来越浓
每逢三月人们才能短暂看见
她们雪藏的美丽，微笑的端庄
而烟火人间将永远铭记
这里的平安已和她们的绽放浑然一体

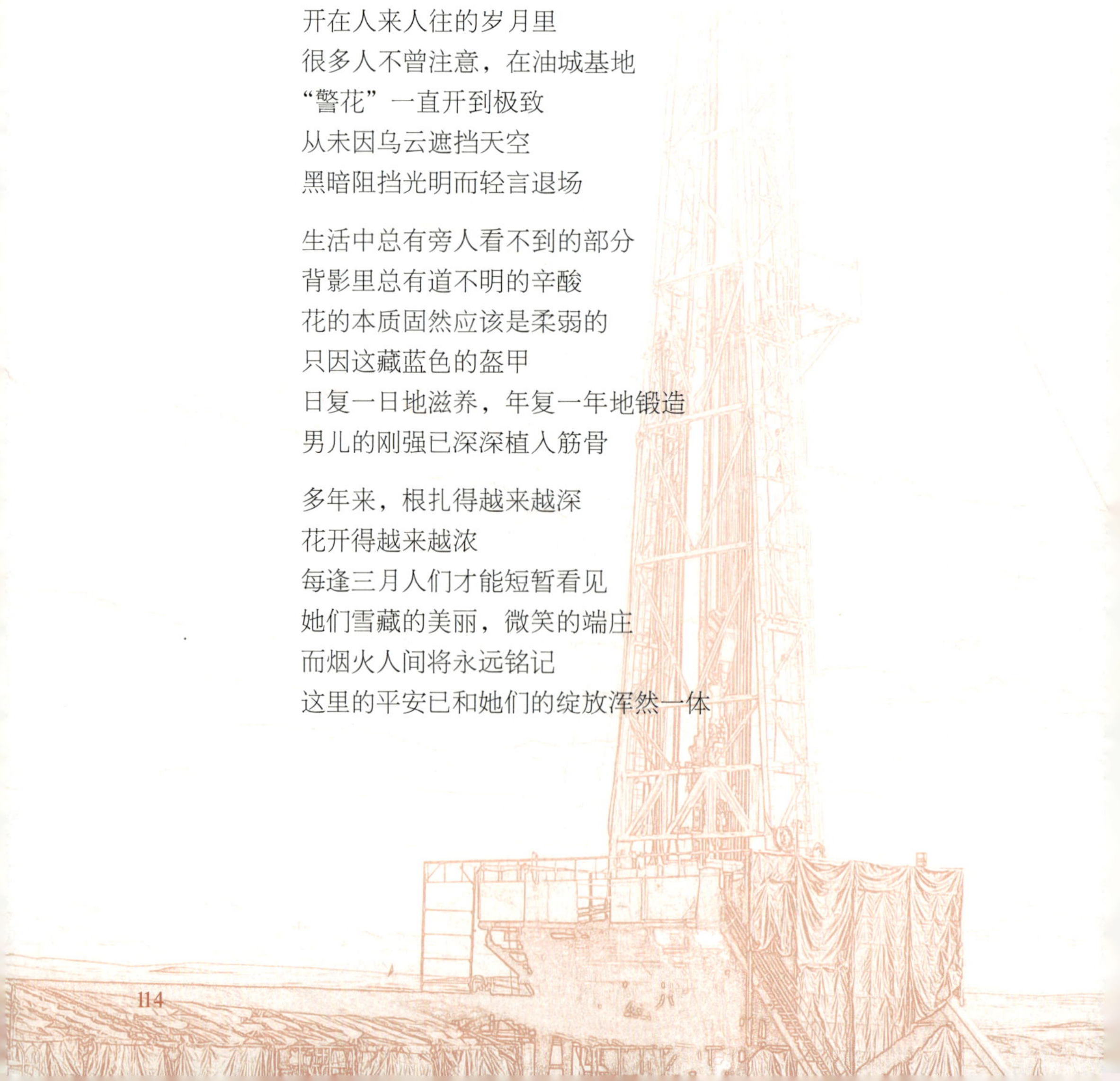

齐心完成新时代石化责任书（组诗）

李继增（中原石化）

工厂的夜

静极。一些声音于夜晚沉下来
灯光、月光互映，压低设备的鸣
月季花正红，一朵朵
悄然氤氲着
石化员工的柔情

静极。目光如炬
巡检的人儿
紧紧地摇着安全之桨
从此岸
到彼岸……

在一首诗里相遇

一次次，用汗水擦拭天空
溻湿的蓝工装
比蓝天
还蓝

乙烯，聚乙烯，聚丙烯装置……
这些用钢铁打造的意象诗
须用精心、细心、耐心
一一品读

高塔，管廊，球罐
鸟鸣，白云，斜阳
这些鲜活的词语，每一天
都把石化人的心弦弹拨

那些一袋装晶莹、饱满的粒子
相信是明月转世的
要不，我们怎会
在一首诗里相逢

今天，工厂里的所有枝条
已绽开了花朵
操作岗位上开出的那一朵
最与众不同

喜欢这样的日子

鸟啼青翠，蝶舞花丛
白云慢悠悠地走
阳光柔和，细细地
为装置镶上一道道金边

身穿蓝工装，肩挎工具包
巡检在参差的装置间
与一台台设备唠唠日常
与一条条管线聊聊冷暖

成品装车处，一辆辆大货车
正排着长龙
满载
出厂

这些平实的日子
多好
这些重复的日子
真好

手

满是油污、紧把管钳的手
紧握风霜、拧动阀门的手
流着汗水、点燃焊花的手
擎起夜色、星辰、黎明的手

精准调节，让数据更优的手
排除隐患，生产更安稳的手

一双双粗粝温暖的手
专注做事
最美

那一双双手
与技艺结合
就有了饱满的内核

那一双双手
紧紧相挽
就有了奋进的力
那一双双手
与发自内心的勤劳相融
就描绘了一个，中国式现代化石化
也书写着一个，盛世中国

乙烯剪影

盛开晶体状的“花”
半透明，乳白色
它一开
其他的工序，甘为绿叶

它有铁的胳膊、腿
铁的胃，铁的皮肤
石脑油，氢气，氮气……
是它的血液

它是一篇美文
裂解，分离，压缩，造粒……
每一个章节
皆为序言

它有着慈爱的母性
多少人甘愿走进它，拥抱它——

它比一块超大强力的磁铁
更强

幸福的隐喻

夜晚，走在厂区的大道上
宁静的气息
从设备的轰鸣声中传递过来
从灯光月光的聚合处传递过来
从被拉长的巡检身影中传递过来

此刻，对石化员工来说
宁静，是一个隐喻
它饱含一滴滴的汗水
它是员工朴素的情感
是爱的代名词
幸福的神性

宁静的夜，是石化员工
酿造的一坛老酒
醇香的，未饮
已心醉……

快乐的事

在厂前区
经常看到戴胜鸟在草地上觅食

那天，我在取水
一只戴胜鸟飞到离我不远处
一边找虫
一边向我挪过来

越来越近
不足半米
它，丝毫不怯生

我看着它
它看了看我
它有着一对黑豆般的眼睛

一个人
一只鸟儿
此刻，相处得如此融洽

在世间，被鸟儿信任
是一件，多么快乐的事儿

家

厂区，草木繁茂
办公楼廊檐下
南北通透，敞亮，舒适

一到春天
总有四五对燕子
在厂区办公楼的廊檐下
衔泥，筑（补）巢，孕育，飞翔

一年，又一年
它们与员工们
一起作息
一起坚守
一起在工厂里
唱着勤劳又愉悦的歌

飞　翔

每一天，我们在石化的天空中翱翔
用阴晴圆缺
用滚烫的血液
用深色的石油石化介质……
作为我们永不熄的动力

每一天，我们与阳光、星光相伴

与风雨霜雪为伴
所有的付出
只为工厂，悦耳的轰鸣

我们蘸着饱满的汗水
种植石油树，绽放石油花，收获石化果
让幸福的中国梦、石化梦
在沙漠、深海、戈壁、平原……
一个个实现

我们在工厂，让——
葳蕤的草木更葱郁
石化的芬芳抵达四季
蓝工装的笑容拥抱笑容
春天的马蹄声
回响在岁月深处

你看，未来的中国石化 40 年
已激扬文字。此刻
每一座高塔，每一条管线，每一台机泵
已万马奔腾……

齐心完成新时代石化责任书

新征程上，我们签订一份份新时代石化责任书
这责任书，不掺加半点水分
这责任书，是劳动者的旗帜
这责任书，是奋进者的号角

“发展决不能以牺牲人的生命为代价”是责任书
“绿水青山就是金山银山”是责任书
心怀“国之大者”，攻克“卡脖子”技术是责任书
“一滴油都是承诺”是责任书
人民满意、世界一流是责任书
精准开关每一个阀门是责任书
优质焊接每一个接口是责任书
认真分析每一个数据是责任书

产出每一粒优质产品是责任书
打造原创技术策源地是责任书
管理提升、效益提高是责任书
助力乡村振兴，“为美好生活加油”是责任书
共产党员带头干是责任书

一份责任书，就是一份担当
一份责任书，就是一种使命
一份责任书，就是一道军令状

完成新时代石化责任书
须用一滴滴汗水
须每个人撸起袖子加油干
须抓铁有痕、踏石留印
须用钉钉子的精神
须下大力气把每一项任务铆紧
须保持一颗初心……
中国石化人
在平原、大漠、深海上……勘探、钻井、炼化
习惯与油泥、钢铁、孤独打交道
栽种石油树，开出石化花，结出服务国计民生果
在操作台前，习惯以精准的数据
一次次为生产插上安稳的翅膀
在设备旁，习惯以事不过夜的干劲
一次次挑起满天的星光、霞光
巡检路上，习惯踩住凌厉的风声
查隐患，除风险，为装置护航
也习惯用红工装、蓝工装
奋力书写“爱我中华、振兴石化”的豪情

在新的征程上
中国石化人正不舍昼夜向一个个目标进军
步调一致，定能产生非凡的乘法效应
也将为民族复兴，弹奏出一曲
高亢的中国式现代化石化
最强音

在春天，邂逅一棵采油树（组诗）

刘贵娟（中原油田）

石油记忆

一种深入骨髓的热爱和传承
关于整座整座的森林
关于动物和飞鸟
关于奔跑和翱翔
关于黑色涌动的河流

四十年
是这样的一群人
追逐日月，风雨兼程
他们是战天斗地的英雄
让亿万年前的梦境，苏醒在荒原
他们又是石油的孩子
黑色的印记，彰显着青春和无悔

传奇那么崭新跌宕
油流和日子一起澎湃
每一滴每一分
都是无比诚挚的表达
家国情怀被珍藏在温暖的胸口
爱岗敬业融入滚烫的血脉

从席蓬房到高楼大厦
从年轻力壮到鬓染尘霜
从贫油国到世界强国
四十年
一条生命不息奋斗不止的道路
给我们指引
前方有光，且一直亮着

中　年

人到中年
身上的油味儿，越发葱茏
它们刻在骨血里
成为身心的一部分
累了，痛了
就用顶礼膜拜的姿势
亲近原野和阳光中的采油树
每一次救赎，都能
重新出发

这么多年，消逝远去的青春
像山风一样呼唤我
它们与我身上的油味儿，不谋而合
天地之间，极其渺小又无所不能
我安之若素的中年
和石油相依为命的中年
就这样，拥抱着我
每一次抵达，都会让我在一滴黑色的石油里
流下眼泪

春天的故事

从一场细雨开始
从一声鸟鸣开始
从一朵初蕊开始
绿色的春天，悄悄萌芽

广袤的原野上，林立的采油树
浩瀚的沙漠中，高耸的钻塔
星光和风雨中
忙碌着的石油工人
都是最绚烂的一抹春色

我们

用信念和奉献书写新时代
家国情怀，像春天一样蓬勃
她那么柔软，又那么炙热
一直在祖国的脉搏里
从未停歇

在春天，邂逅一棵采油树

日头一天比一天高
春光从叶梢上一寸一寸滑过
风徐徐地吹

缓慢行走，并不会搁浅某些心动
这些成分是春的肋骨
一场雨水过后，胸腔都是胀疼的

热爱总会催生伤愁
不多不少，够一枚种子发芽
够你在春天里，路过，且停留

原野上的讯息，来势汹涌
握紧手中的旗帜
此时此刻
一棵采油树和春天
具有相同的高度

追　梦（组诗）

齐　帆（齐鲁石化）

允　许

要允许用阀门打开血管中的眷恋
唱出一首属于劳动者的歌
要允许四十年的汗水
浸透时光的分针
结出
白色的盐，擦拭生活的烟尘

要允许一朵焊花在高空绽放
允许双手托起祥云
带来一封春天的信
要允许戈壁上的落日
把勘探者的背影和脚印
一一收集
允许荒原深处
比石油更黑的夜晚
记下彩霞满天的约定——
石油人的一生

井架上的月亮，塔林中的
灯火阑珊
要允许一些路过
成为你
也成为我

进行曲

银塔、管廊、机泵、凉水塔、变电站……
是所有青春

被点亮的版图
是工厂的进行曲，跨过
一个人的山高水长

置于工业森林
所有林立的机器都在生长
成为树木、乐器、钟鼓
成为共同的交响乐
回荡
在天空和大地之间
更多的深情被汗水收割
却从未停止输送，光和热的畅想

我们手上，总有彩虹
分开季节，分开日月，把脚下的土地
爱了又爱
一杯酒中的过往和一首歌里的未来
都是
汽轮机在飞转，心如炉火
跳动
千万盏灯
照亮了整个石化城

追　梦

给我长河
用来盛装秋天的芦苇荡
给我一匹骏马用来追赶晨曦
给我一棵红柳用来种下心愿
给我一个沙漠用来点燃
一小片人间烟火
带着一抹新绿，走过
天下黄沙

给我一架帐篷围起
整个夜晚的孤寂

一个人的狂欢
一个人的坚守的久长
给我一个钻井，找到几千米的地层
来自远古，流淌的梦

给我五湖四海的网址，输入链接
追梦人一生的
热爱和寻找

写给油站的情书（组诗）

高鹏飞（山西石油）

以中国石化之名

我写你就是写一座座加油站
写熟悉的组成
以及作为代言所崛起的部分
在我心里，你是平方的占地和立方的油罐
你是端庄出场的加油机和蓄积正气的灭火器
你是移动朝夕的进出口和虚怀若谷的罩棚
你是绿化带散发的香气和小菜园葱郁的收获
你是便利店夺目的水饮节、年货节、养车节……
你是顾客支付方式里宠溺的易捷加油 App 和优惠券
你是清晨的交接班仪式和现场的加油六步法
你是洗车场、充电桩、爱心驿站综合服务的升级
你是“一卡在手，全国加油”的加油卡
以及系列的墩墩卡、兔卡、白金卡……
你是无数怀揣石化梦的身影和卓越之星的肯定
你是她们的青春、热血、奋进和爱
在这个夏天
作为一个喜欢写作的人
我想为她们将高温下的凉风写来
将夜晚的瞌睡虫写掉
将孤单的陪伴写多
我甚至想将蚊虫的叮咬写少
我亲爱的兄弟姐妹们
我什么都做不了
我只能在最后写出这种坚守
写出凝心聚力的四十年
写出常常给我们无穷力量的朝阳红

形同沉淀这种平凡和伟大
直至你们喊到那个白发的少年

秋天的耳朵

静。就是一座油站入席
一条夜色绕膝
进出的车辆渐作稀疏状
就是你打开车门，习惯转身的回望
——兄弟姐妹们可以缓一缓了
仿佛只有这一刻
你才能感知一些别的事物
比如凉风清扫而过，哦，立秋了
仿佛只有你
将善待不够的心事留在了罩棚下
好让射灯做出亮化的回应
它们能闪耀的地方太少了
在站上，没有比熄火和启动
更秩序的聆听了
也没有比返回营业室更精准的片刻了
当你在每天的喧嚣中听到内心的静谧
你会收到比它更踏实的补给
——什么样的季节
就去拿什么样的随遇而安

盘胶管的战友

触手可及。唾手可得。
同样放手之处，准确不可言说
原谅也是，用词开始艰难
小心不过是藏在远方的油站
恬静也是路边有了你
彼此承认的好心情
当你盘好胶管
像孩子一样护它周全

这台加油机是否会问
——爱过吗
进出口继续忘我
而坚守的信念，已经给予了你
就是它，就是

征　程

取出旗帜，先用创先争优
松绑有过你的东环站
小到局限的疆场，却同意盛大的销量
贴近节奏密集的润正
就是一辆辆车分不出朝夕
就是一条条龙忍不住成形
关联熟悉的战友
就是一顿顿饭选不对时间
就是一个个班互助到拖延
“赶紧也是热爱的一种”
脱口而出的自语
让你路过时的眉头一皱再皱
它们出击的刹那，北魏的城墙上
排列出黄铜色的灯光
此时，车里的你易于塑造孤独的性格
还有比御河西路更直通的远方吗？
它们忙碌的秩序，摧毁了晨曦和夜色
或许越疏离的相聚，越将成为努力的方向
还有多余的祝福登上流年的列车吗？
落笔的兄弟姐妹，在回忆中感动了自己
饱含的养分，先于转身变换了功效

在山中

仿若还在找流水
被发祥地确认过的尧都
被天下承让过的大同

因为你，都变得心有所系了
一切都是志有所托的样子
从云丘山到武周山
是汾河与桑干河的惺惺相惜
从长白山到唐古拉山
是天泉和卓玛泉牵手的绵绵情谊
一个攻坚创效的奔赴者
在为美好生活加油的路上
开始了从南到北的旅程
开始了凝心、飞翔、奋进、赶超
它们太过宝贵
以至于辗转中常常不缺思虑
那些梦的片段，继承的朝阳红
被一座座油站认领
被车道上秩序的龙蛇引领
被易捷门店纷呈的活动抱紧
拂去、认出——目光包容的白发
我落笔的高大挺拔、雄浑有力
指向了你，擦肩的秋风里
一声喊回荡着诗和远方
一杯赖茅完成知音的出处

青 莲

我想说起的春天
是美好生活与油站的相遇
包括让静电不欢而散的一身正气
它以蓝相称，也以蓝相承
包括在清晨、在罩棚、在心底
常常给我无穷力量的朝阳红
它让我遥望，也让我守望

我想说起的夏天
是奔跑的百日竞赛
以及榜单上的争先恐后

包括一张七折券给予的愿景
包括绿企的版图上
治破治旧奏响的清朗乐章
它让你热烈，也让你强烈

我想说起的秋天
是服务提升带着发展的责任
必将打开收获的大门
包括一路生花的易捷加油
以及满意度护航的客户评价
包括引车到位的每一个身影
怀揣着的石化梦
包括镰刀与斧头指引的红船方向
引领着每一个石化人凝心聚力跟党走
引领着每一座加油站建功立业新时代

我想说起的冬天
是攻坚创效扶起的暖阳
在无数瞬间扑向我的感动
包括扭亏为盈的信念
在奋进时刻对视的目光
此时，所有的分述只为追寻来路
所有的隐喻只为追随信仰
包括一朵朵因洁而尊的莲
告诉我不忘初心的意义
包括一个个因廉而贵的榜样
告诉我牢记使命的荣光

七折券

我爱你，是我抵达易捷门店最直接的表白
水饮、食品、尾液、欧露纸……
都是后备箱里的填充物
这个夏天，我看到太多纷涌的心
因你而得偿所惠
我更看到堆头上的爆炸贴

以及被记号笔描述的部分
因你而兴奋起来，这些为你站台的伙伴
它们深谙便利的初心筑成新的高峰
而你带动记录的满满信心
是不是也要迎向 6 月的高考

排列潜力。8 个小组是一个榜样
去追逐另一个榜样
我知道油递在线推进的赛程
与讲解中熟稔的使用方法彼此鼓励
但我更知道习惯必成自然
一座座占地面积上
拉开了与你牵手的序幕
“加完油，来购物”
这时，收银区的问候声、送别声
如温润的御河，荡漾着舒心的波纹
这一张张券倾入石化的诚意
不断生发出奋进的乐章

当我将内心的小算术
先于扫码枪得出得数
当我在指引的支付方式里
找到各种贴近的选择
我知道新的消费方式在完成一次次助力
这儿，是你冲锋在前的北环站
是你重振河山、蓄力出发的南环站
是你以小胜大的东环站
忙碌的色彩里，我的兄弟姐妹们
因投身这场分组竞赛
而变得璀璨无比，变得游刃有余

星　辰

卸任完成。一身轻并未带着你飞
你也未能挥动衣袖里的云彩
一个即将启程的人

和一个继续坚守的人
哪一种走向更容易感慨万分
现在，想起他们是有的
忘记名字也是有的
可以陪着油站说到偶尔了
直至最亮的射灯做出稳定的发挥
而怂恿的，是比光芒更低调的文字
在心房屡作巡查状
像似谁的短亭，被长亭一再疼着

现　场

突然也是一种美
当我把春天引用成小小的举动
当兄弟姐妹们把会员日
和千军万马引渡成深夜
当她们把引发的销售
发送成一个个数字
当她们把需要加油的一天
引流成一个个昨天
发生了什么？是多年前
她们怀揣青春走进的大家庭
是疲惫时有梦支撑，迎向的朝阳红
是一种关怀放在眼里
疼在心上，化身为配送的抵达
是唯有努力才能胜任的咀嚼
是的，我无法帮她们把不知所措
和满满的感动一次说清
我只能将爱和敬重放在这首诗里
让它悄然发声，让它无所不能

此在即美

想赞美这北方的冬天
以及古店镇的风

仿佛所有的冷
在这里都出手大方
是你最早扶起了清晨
并喜欢于旭日初升时交接
那红彤彤的色彩是你倾心的
笔，计算器，POS 小票
甚至一根皮筋都是
而这些都比不上一个个系统前
你拱起的脊背带给我的觉醒
那臃肿的蓝色，提携海的厚重
那专注的神采，比肩卓玛泉的渗透力
没有比进出口更着急知晓的答案了
它们迎来送往的坚守
铺张每一辆车的坦途
甚至易捷捂不住的口碑
一不小心就是猎猎的旌旗
也没有比罩棚下更安心的世界了
如果顾客都能像立柱那样
竖起心疼的高度就好了
踏实如你，愧疚也如你
踏实中抵消了流水的时光
愧疚中模糊了孩子上学的背影
而候在路口的嘉奖
是你不忘初心
不断接近爱岗的自己
以及习惯保护的朝朝暮暮里
那叫作敬业的东西

静默中的阅读

一行白鹭涉足过的天
一檐风铃推让不止的声
它们深谙静默中的每扇门

写字楼里，饮下的蝴蝶梦
仿若复古的城墙建筑
偶拾的咀嚼也是理解的
现在，值守是责任的一种
走向你，就是封控前
保障运营的岗位奔赴
就是凌晨三四点的义无反顾
就是零售、财务、人力、综合办……
每一个名字完成的“来了，我在”

是的，这方寸间执着的身影
这一道道认真的目光
穿过屏幕，传递着——
这是需要加油的一天
关联熟悉的油站
就是每一台加油机
每一座易捷门店
每一身朝阳红
每一条流水数据
每一个 24 小时
每一辆服务过的抗疫保供车
都在奉献着加油声

此时，你看到的空阔
是他们忙碌应战的负重前行
你看不到的孤单
是他们快要忘却的习惯
数过的十一天
是一幅幅感动，是一幕幕心疼
是歌，是暖，是援手，是光芒
是入心的扑面而来
室内。窗外。蓝。
分述牵动的这座城
是爱凝聚的晋北
是抗疫必胜的大同

暑

你从车窗看向飞奔的数字
胜过看我，那专注的一刻
只有跳枪声才敢棒喝
一辆车比一辆车着急
仿佛急是美的四面八方
一辆紧咬一辆
仿佛追随也是智慧的形状
而我提供的加油需要秩序
需要车体上主动打开的一个深渊
它们在预判的不安中常思温饱
于我是承诺，是争取
是安全快捷、环境整洁
是质量永远领先一步
看我背得多熟、多牢、多深刻
更多时候，我给自己心底的加油高于服务
对于小暑，我与罩棚
有同甘共苦的好感
至于候场的大暑
它给我什么，什么就是高度

易积分

兑无止境。你喜欢查询的是骄阳到日暮
我喜欢查询的是榜单
以及它背后争先的千军万马
今天，于油站，近似一个节日
易积分多了新的场景
是走进，是抵达
是偶遇的南来北往
是以为误入的远方与欣喜
吸引或者围观发生着
参与或者提携发生着
商品清零发生着，补货也发生着

那些扫码与记账喜欢往屏幕里走
那些卓玛泉、欧露纸更乐意被你带回家
蓝衣天使忙碌的时候，夜都是悄悄地来
它懂得不惊扰这份热爱
只是它并不晓得
她们细数收获时习惯朝向射灯看几眼
那光芒往往在这一刻最迷人
安心总是大于疲惫
如果你知道积分待字闺中
或者宅男一样，闲置在手机中
如果每月，你记住了每一天

中秋帖

扎实奋进者的声色
这座油站就被你点亮了
而后的风雨
是牵挂看不到的秘密
云会说起一条回家的路
当秋色燃起，脚步就近了

将夜披在身上，随清光出诊
又是一季收获
远方的伙伴和亲人呢
我安静地坐下
却不能安静地抱紧自己
就像此刻，看着天边的月
想着、忍着

以时间之名

我正走在为美好生活加油的路上
此时，三晋大地
一艘全面进步、高质量发展的巨轮直挂云帆
有凝心聚力跟党走的学习新风

有建功立业新时代的初心不忘
作为一名党员，我无法噤言
这是“管理创一流”的助力兼程
这是“经营上规模”嘹亮的攻坚号角
我更无法吝啬感动
这是“能源至净，生活至美”的品牌承诺
这是扛起“党和人民好企业”的使命担当
四十年的风雨砥砺，唯有爱可以永恒
四十年的热血欢腾，唯有感恩可以言说
每一座油站里，以员工，以站长
以党员，以榜样，以奋斗使命
都将成就中国石化成立四十周年
动人的篇章

又见新春

马祥民（胜利油田）

2023 年 8 月 9 日，早早起床，
洗脸刷牙，烧水煮饭，
轻轻地，尽量不出声音，
再仔细检查，唯恐遗忘，
终于，还是惊醒了他们。

6 岁半的小孙子问我。
爷爷，你说的新春在哪里？
很远的地方。
很远的地方有多远？
万八千里。
尽管不大懂事，
但要叫他知道牵挂。

把黄河的泥沙，渤海的湛蓝，
新麦的芳香，田里的蛙鸣，
还有《使命》《远征》《探海》《奋进》
4 本报告文学，
打进六十七岁的行囊。
然后，从东营起飞
经西安到克拉玛依，
再到一个叫不上名字的地方。

采油树催绿了荒原，
抽油机叫停了沙尘，
心血、智慧、汗水、泪水，
青丝、白发、岁月、年华。
有你的地方，
就有红花、绿草，庄稼，牛羊，
雄鹰，大雁，骆驼，
狐狸，蜱虫，蝎子。

还有黄河口的芦苇，
渤海湾的盐碱，
一个多姿多彩的世界，
一幅美轮美奂的油画，
一个魂牵梦萦的驻地，
一座难舍难离的家园。

这里是人生的高地，
灵魂的天堂，
长河与大海的交汇，
戈壁与大漠的凝望。
没有孤寂，没有彷徨、忧伤，
只有不老的青春、生命的诗行。

黄河不老，
大海不老，
新春不老，
我的思念不老，
还有浩荡长风，
连绵天山，
鹅毛大雪。

我会告诉小孙子，
阿拉德的戈壁，
排十西的胡杨，
永进的沙漠，
春风的梭梭，
一切与石油有关。
我还会告诉他，
有牵挂，就有情怀和担当。
还有妈妈的摇篮曲，
在心中来来回回地唱。

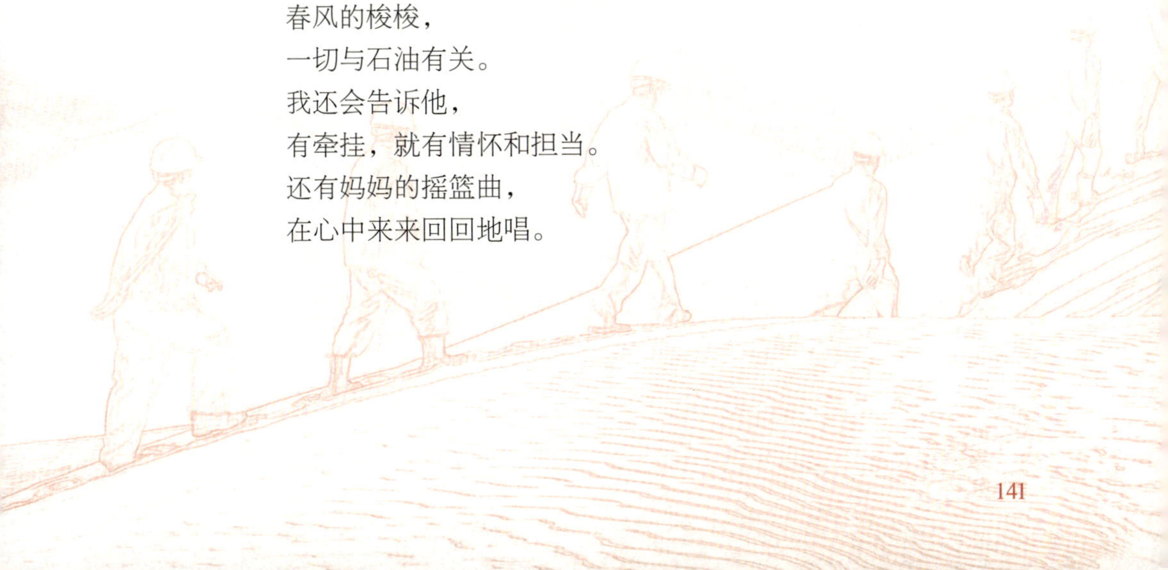

月亮的背面

——致敬奋战一线即将退休的她

杜立慧（胜利油田）

盛夏，蒸笼天的夜晚
树梢上挂着个晕黄的毛月亮
一滴汗一滴汗，淡然地翻过山尖，坠入悬崖
怦然落下，碎成微粒
她，满含深情地巡视过一台台设备……
她，驾轻就熟地执行着一项项操作……
时间在忙碌中飞快流逝
夜，依旧是黑
活泼的金铃子
在手电筒的光晕里调皮地闪进闪出
那光，延伸到远方
被黑暗吞没　了无痕迹
星，散落在天幕
微微闪烁　没有声音
月，掩进薄雾的后面
洒下静静的　温柔的光辉

员工履历表上
她工工整整地写下一行
只有一行
“运行值班员　1993 年至今”
空空荡荡　又好像满满当当
时光像一把剪刀
一剪一剪
把明艳的青春剪到只剩寂寞的白头
明天，她就要告别自己奋斗了三十年的岗位
就像一片树叶
在某天　无声落下

扑进大地坚实的臂弯

有的人　也许一生只做了一件事
一如西西弗斯的神话
亘古未变　亘古未变
就像荒原上的磕头机
周而复始　周而复始

渐渐地　渐渐地
晨曦微露　霞光流照
初升的太阳蹦跳着探出头来
月　隐入大地尽头的田野
隐入一个平凡的身影背后
天亮了

坚持爱着（组诗）

彭松江（江汉油田）

重返小镇

安静地，躺在小镇 15 平方米
简陋宿舍的木板床上
听小镇清晨，远近
有一声无一声的鸡鸣犬吠
和车水

在过去和现在之间
那么多岁月穿过柔肠
穿过我仍熟悉的潮湿
这份熟悉和潮湿
与祖籍，与家，并无瓜葛
却令我有一种近乡情切的
感动！瞬间
岁月和记忆凝结成串
滑过我布满皱褶的眼角
耳根，接着
在心上折叠

我一笔一画地，写着这些
写着你懂或者不懂的悸动
就爱吧
在还提得动笔的年纪
坚持爱着

涪陵页岩气田

涪陵页岩气田
它在中国的西南一角

在重庆的臂弯里
在一片青山绿水间

这里，有桑甜味的风
有榨菜腌咸的日子
有雕刻生命印记的丘陵
2012 年 6 月 9 日，我的同事
在这里播种下青春
后来，轮到我
在这里耕耘岁月

这个年纪的我
已知道如何去爱
我的爱，不大，也不小
就藏在几千米深的地下
它游如丝，腾如龙
在页岩中，日日平衡着
我的心跳

焦石镇

焦石，是个安静的小镇
常被不期而至的雨
洗刷得，透亮

焦石小镇的安静
是被页岩中的气龙，撞醒的
是被一群搬运自己的人，打翻的

在焦石
一个人的日子也是沸腾的日子
枕着焦黑的石头拥着雨
并不孤单

在焦石
我白天好好工作
傍晚在山径中疾走
只要三刻，内外就充实了

抱着小镇透亮的夜，就像抱着
心爱的男人

涪陵的雨

清晨五点，我醒了
——“啪”“啪”
涪陵的雨，常不期而至与窗亲昵

涪陵的生活，七点苏醒
我醒得太早
难免胡思乱想

——“啪”“啪”
一株梧桐与窗，相距两米
枫叶型压扁的相思
不停向窗投递

——“啪”“啪”
这么多年，梧桐与窗始终相距两米
我的床与窗，相距两米
黎明的晨光与涪陵的苏醒，相距两米

——“啪”“啪”
涪陵的雨，在几段两米中
自由嬉戏

你　来

整齐划一的楼，出檐阳台
挑出，别样风情
静谧的夜，流动白云
消耗，隐秘激情

——“如果有几声鸟鸣，多好！”
我只想，把与你相关的日子
备份了，又备份

记忆在前，思念在后

等待，在安慰的中心

在涪陵页岩气田工作的日子
我习惯用右手，轻拍春天的月光
用指甲，漫不经心地叙事
可今夜我，却一直纠缠于钟声
纠缠于一些，绒绒的
温软，和湿意

二十一点
你还在由东向西的高铁中
我向内，按住自己

巡井路上

前不着村，后不着店
在黎明和傍晚之间
向前，向后
都是不同的风景

车在山道间，左转，右转
风景在眼里，左晃，右晃
思绪在心中，左撞，右撞

司机摁响明亮的喇叭
我沿途采摘武陵山，白水河
焦石坝，河鸡沟
平台，采气树
诗歌，和灵魂

一种欲望坚持着
在该停顿的地方，悬于空中
我想张嘴，却被一缕阳光
扼住了喉咙

关　切

涪陵页岩气田工作的日子

我只做两件事
一是好好工作，并为此付出
所有的白天
一是穿上平底鞋
疾走于每个黄昏的
每条山径

现在，我常在夜晚醒来
用月光，梳理梦
用目光，抚慰平底鞋
我有点担心第二件事
我已经很久未在山径中疾走
生怕摔倒
我还担心，习惯了平底鞋的脚
它们是否愿意
回到平原

在科威特录井

孙宝华（石油工程）

一

夏季像戴望舒的雨巷一样悠长
可惜无雨更不需撑一把油纸伞
独自或者三五成群
何处逢到丁香一样结着愁怨的姑娘？

这里是科威特。气温 50℃
炉火正旺，紫外线吐着绵密火舌
仿佛一只享用美味大餐的巨兽
沙海平静，等待沸腾或者干涸

最擅长周旋的是大漠的风
风轻云也柔，而暴脾气一发作
随时调遣十万蒙古骑兵
裹挟天下沙尘，一路掩杀而来

二

曾经的沧海枯干为岩石
曾经的岩石风化成黄沙
这里是热带沙漠
从南到北，从东到西
沙子滚烫，每一粒都炽热似火

从一个井场搬迁至另一个井场
从一处沙漠转战至另一处沙漠
在罐区、泵区、钻台、仪器房之间
穿梭往来，安装调试录井设备
照样奔波出夸父追日的感觉

饮用水咕咚咕咚一瓶瓶灌下
红工装上，白色汗渍一圈圈凝结
嘴皮干裂，层层脱落
炉火熔铸，气锤锻打
裸露的每寸肌肤如同烧红的钢铁

三

月亮注视着黄河入海口
也注视着大布尔干油田
一场风暴陷入沙子，此时柔软的
还有井场上那些实心的钢铁

手机视频里
女儿连声喊着爸爸
她舞动的小身子如同幸福树
比前些时日又长高了许多

日出 550 次，日落 550 次
在科威特，翻过 550 个日出日落
一声平安、一句保重
为什么常常无语凝噎？

石油人散章

刘同军（石油工程）

一

石油在地下隐藏
我们在大地上流浪

把一生装进了行囊
走吧，我们要去远方

举着红旗，我们走到了远方
跟随我们的，是太阳、月亮
还有风雪中的铁皮房

而那只跟丢了的小黄狗呢
我们还时常说起它的模样
仿佛还在孤单地向我们张望

二

石油人的生活是单调的
但工作却很繁忙

天黑了，灯光照着井场
一块很狭小的地方
但夜晚很长

钻井机器在空荡荡地响
几点了？有人在低声地问
那时，遥远的天边已经出现了曙光

三

很多年了

很多事情都已经遗忘

石油人的一生，其实很紧张
匆匆忙忙地，从荒原
赶到沙漠，又到了海洋

像苦行僧一样
石油人啊，你们用肉体的痛
掩盖了心里的伤

四

追逐着黑石油流浪
你们这些成群结队的茨冈
饱尝了人世间的苍凉

但也心醉神迷地
看到了石油涅槃的模样——

热烈奔放，像红旗在飘扬
放射着迷人的光芒
灿烂而又辉煌……

石油工人的十二月

王姜华（胜利油田）

一月，油井深埋在荒芜中
等待立春的消息
石油工人扎紧井口
把黑得流油的金子
驱向管线

二月，红工衣的女子
手提样桶
轻触衣袖上油滴
油滴如惊蛰钻出的甲虫
攀上红色的花

三月，柳笛在微雨中响起
班车上的作业工
鼓一口绿色
单调似水的声音一路流淌
把老班长的思绪
送到那年会战的地方

四月，井架指向立夏的方向
机器隆隆作响
二十四台泵车连着高压管线
对地层低语
三千六百米下的岩石打开呼吸
滚烫的原油跃跃欲试

五月，大地再次打开丰收的窗
太阳投下七十五度的光
钻台影子被拉得很长
年轻钻工在油管前
打开精确到毫米的卷尺

把芒种丈量

六月，三伏的第一天
雨下得很大
装载物料的卡车
从天亮走到天黑
井场的灯光隐隐闪现
池塘里的青蛙
欢呼雀跃

七月，立秋的那天晚上
天气微凉
辗转反侧的抽油机
呼噜噜打鼾
手提管钳的巡井人
把睡意驱赶

八月，秋水清澈
昼夜等长
站台上的作业工
用吊钩挂起
天边的月亮

九月，那一天
人山人海，红旗飘扬
红工衣撑起的会场
歌声嘹亮
热情阻挡了寒露和霜降

十月，树木褪去厚厚的装
地质队员填满沉沉的枪
他们在最荒凉的地方
把脉线引长
用一腔热血
划开地层的胸膛

十一月，白雾笼罩着大地
北风停下了呼吸

钻塔伸出尖尖地吮
钻机唤醒团结的群
太阳只一个眼神
迷雾烟消云散

十二月，雪花在天空中飘得很轻
轻如童年追赶的蒲公英
巡井人在荒原逐梦
脚印串起白昼黑夜
落雪把昨天的印记悄悄填平

一位石油工人叫老杨（外一首）

段昌萍（胜利油田）

小站有一棵老杨树
还有一位石油工人叫老杨
树上每一片叶子
都像老杨多年不见的石油兄弟

落叶回旋着飘向各处
清扫落叶发出的“哗哗”声
像极了小站上曾经的笑声

更多的时候，老杨喜欢坐在树下
看一片片叶子
落在脚下，并肩坐着

立冬前一天
老杨树掉落最后一枚黄叶
小站的大门
挂上一把明晃晃的锁
那个叫老杨的石油工人病了

外闯女工于美丽

西部油区的夜晚藏着一段爱情
多年来，熟悉的鼾声，穿过黑夜
成为她身体的一部分
就像是，沸腾的油区
大地甘愿把自己交给采油树

那一年，大风呼呼地刮
她的身体在寒冬里左右摇摆
像一头迷路的野兽

白雪掩埋巡井的脚印

荒原更加荒凉
外闯女工于美丽
悄悄地走出了井场

下一个春天来临
遍地都是新鲜的颜色
黑色的油，绿色的水
粉色的是，院子里迷人的杏花
还有灰色的，刚出生的麻雀
多么年轻，多么欢快

一辆汽车从远方驶来
车门打开，又重重地关上
外闯女工于美丽
坐在路边
看脚下的野草一天天疯长

8.9 平方公里的诗行（组诗）

刘　博（长岭炼化）

长风阁

康濯（湘籍作家）先生走了
他的墨宝还留在“长风阁”上
长风阁是长岭的制高点
雄踞于驼鹤山巅
亭阁上的风
与风铃厮守半个多世纪了

风从滔滔洞庭、滚滚长江来
从万里迢迢的海天来
守候在炼塔高炉的身边
于是，便有了江湖之野
有了大海之阔
有了金属之响
有了礼赞之美

万里红线一线牵呀
风将养在深闺亿万年前的石油说动心
嫁与到青山环抱、碧水缠绕的长岭
生儿育女，创业兴企泽被万家

风的辛劳亭阁知道
累了，就请风在亭间歇息
闲不住的风时常会做东
邀上日月星辰来亭阁坐而论道
常说常新“淬炼”这个话题

炼　塔

也许是海拔不够，须不时踮脚

方可加长巨臂
去够那头顶上的日月星辰
状类情似洞庭湖畔的春笋
钟心拥戴苍茫大地

三十五年前，我第一次置身于
这片葳蕤的光里

看塔林引蜂蝶，招云彩
白天看，夜间看，从不同角度看
一座塔，就是一杆旗
一片塔，纷纷举起飘扬的思绪

“石化蓝”是这里的底色
也是恒久流动着的风景

从五湖四海涌来的人如我
随着潮起潮落，入列，归隐

如今，我站在驼鹤山下
定睛看巍峨炼塔上的旗帜轻轻招展
映照我眼角的细浪、两鬓的霜白
塔林间喧闹的涛声
耳提面命的教诲……
随心旌律动、回荡

年迈的父亲早有嘱托
欲来我工作基地打卡一次
可我的工号已淡出记忆
这样吧，就在生产基地外围瞧瞧
学着炼塔，踮起脚跟
劳烦手机啦，可它一点不嫌麻烦
将夙愿反反复复地
举起又放下，放下再又举起

8.9 平方公里的诗行

8.9 平方公里

是长岭在洞庭湖畔的疆域
也是一首诗的版图

我想用这首诗感谢“铁哥们”——
炼塔、高炉、管网……
是它们赋予这诗以遒劲的力
炼塔：日夜殚精竭虑，吐故纳新
高炉：冥思苦想，潜心淬炼
管网：抻开岭间“经络”汩汩流淌
众兄弟铆足劲相互帮衬，取长补短
只为炼一炉好油，风雨兼程，不舍昼夜

8.9 平方公里，交的一份创意答卷
一个词语，写一路铿锵脚步
一个句子，抒一脸盎然意气
一个段落，唱一曲激越大风
巍巍塔林，演绎四季鲜明主题
一滴油的承诺就是使命的分值

8.9 平方公里
是长岭在洞庭湖畔的疆域
如果置于石化这首
数以千百平方公里计的长诗中
也许不过短短几行甚至一行
却又是必不可少的几行、一行
是光彩夺目的
几行、一行

两名红军战士

细密的雨，浸润油城
也催醒着我的温习

扳手，锤子，管钳，螺丝刀
钢管，电缆，焊枪，万用表……
手套，口罩，工作服，上岗证
爬犁，餐车，安全帽，绿豆汤……

检修，抢修，打卡，交接班
调度会，职代会，劳动竞赛，班组学习，“五一”大红花……
满屋子的物象，重重叠叠的意象
刷屏脑海

展厅前，两位老红军热情打招呼
在他们的后面
还跟着一串厂长、经理、董事长
老人的微笑依旧，微笑里
闪现着开山建厂的炮响
闪现着机器的轰鸣
闪现着猎猎长风
周总理的嘱托依然在闪现
——建设好毛主席家乡的炼油厂

太沉太沉，难拎起往昔无限

两位老人精神矍铄的塑像
炯炯眼眸闪过雪山草地
闪过油城不夜的灯火与工地震天的号子
回响踔厉奋发、勇毅前行的足音

好个油城上空的双子星
不老的石化魂
他们的名字就是：古德勤、李云

相　册

这里每个退休员工
人手一本纪念相册
某女工退休了，宝贝似的收藏它
时不时翻看它
每次翻阅都要好好净手
她的相册十二个页码，不厚
有的还被她翻毛了边

她翻看相册的样子，很是专注

丈夫笑她："不就几张工作照吗？"
她淡然一笑

"唉，只缺个厂先进"，她嘴里喃喃
她居 C 位的合影
被她沉沉祭出一声叹息
可合影上
她的脸上依然绽放出满心自豪的笑

63 路公交车

在岳阳的城市公交车中
63 路，属于迟来的宠儿
她降生于新冠肆虐期
炼厂巴望她半个世纪了
刚来时她并不怕生，也不哭闹
一个多小时的里程
沿途那些绿色生翠的时间
全被乡音、普通话给瓜分掉了

从岳阳到长岭
不疾不徐，优哉游哉
她静观乘客把都市故事移盆到乡间来

从长岭到岳阳
普通话挽着俚语，话痨们
将厂地见闻装进"视频""抖音"中去

63 路跑得欢，长得也快
噌地一下就蹿到四岁了

1971 年的汽笛声

汽笛一声长鸣
划破油城夜的宁静

京广线途经路口铺小站
搭把手把手一顺

拉着石油的火车飞快驶入欣慰的快车道

我追着车影远望
鸟儿的高歌，小草的欢呼，杜鹃花的怒放
一齐向着
炼塔频频招手的方向

加速。火车缩短黑夜
让曦微提前展露天明
叫月光从容抵达站台

加速。火车侧目大道两旁
锣鼓惊醒沉睡的群山
汗水汇成的河
在欢歌笑语中默默流淌

提速。火车看见憧憬撵着美好在跑
一个单音节的形容词，酣畅淋漓
洞开荣光

那一声长鸣——
响彻 1971 年 5 月 7 日的长岭大地
那是属于石化儿女自己的吼声

沸腾的胜利油田（组诗）

黄　凯（胜利油田）

阅读胜利的往事

走进胜利油田，如同走进
一部红色奋斗史的纪录片
在新时代的伟大节点中
探寻年代久远的光阴故事

岁月的轴线
延伸到一九六一年
陈列出激情燃烧的画面
是谁生怕惊落了尘埃
悄悄地阅览，胜利诗章

渤海长风，华北尘烟
浮烟似的工人的脚步
行走大地寻油的跫音，铿锵

九三三厂的最初形象
无声地雕刻在泛黄的史册中
从华一井到华八井
从营2号井到坨11井

大会战的场面，风风火火
无数的铁人，炽热，真诚
把最深的梦，跃然纸上
把所有的辛酸与泪水隐藏

心中一抹红，手中三尺镐
默默耕耘，默默奉献
不甘于落后的命运
从此诞生崇高的信仰

轰隆隆的钻井声
奏响了胜利的歌谣
只有风的伴舞
还有自在的鸟儿合唱

漫卷的红旗，飒飒作响
敢教日月换新天的气魄
掺杂着黄泥尘垢的汗水
凝结成不朽的丰碑

在平原，在山峁，在每一处油田
与天地斗，其乐无穷
坚定的意志，铸成钻头
坚硬的石头没有抵挡住

万米之下的怒吼声
驱赶出无尽的石油
如同喷薄的血液，供养祖国母亲
如同冲天的巨龙，向大地向云端

当时烈日风霜中的胜利人口号
从不会销声匿迹，反而充满力量
任由四季流转带走了光阴
那些远去的往事，依旧在风中激荡

油田的黄昏

晚风打扫落日的余晖
去往的远方，接近地平线
油田旁觉醒的树，慢慢沉睡
等夜幕完全降临后
悄悄地合上蒙眬的眼睛

黄沙，色彩渐渐被掩盖
当华灯初上的时候
喧闹的鸟鸣戛然而止
这一片热闹的石油部落

即将迎来仅有一夜的宁静

天上的繁星，地上的灯火
晃出一个个黝黑的面孔
把石油工人的身影拉长、拉长
在熹微的闪烁中
提供着发展的启示

星罗棋布的抽油机
拖着长长的油管尾巴
在华北平原上频频点头
起起落落起起
肃然地接受云霞的巡礼

一望无际的胜利油田
目光的尽头分明是天地的轮廓
这一刻，顾不上遥远的距离
这一刻，穿到过去，穿越未来
最后不得不穿进清冽的夜里

值守的胜利人，默默奉献不止白天
结茧的双手，高举着发展的红旗
飘扬起坚强的意志
就在那一抹黄昏的光影中
表现出胜利人无休止的张力

听，那钻井声

听，新时代的油田钻井强音
急促地加紧脚步
从渤海之滨传到华北大平原
传遍九百六十多万平方公里的大地

空旷地上的事物会听得到
它们也许会故作不懂辨别
不懂辨别胜利的微语欣怡

三叶虫的年代已经久远

似乎任何声音都不能把它惊醒
开荒凿井年代的咆哮
铁人们惊天地泣鬼神的气势
抖动了苍茫天地的脉搏

深藏于岩土中千百米的石油
沉睡在大地里亿万年的黑金
顷刻间，苏醒过来

工人的沉吟，不妨说他们沉吟
沉吟着铿锵的声调
沉吟着胜利的颂歌
一声声，不绝于耳
一步步，砥砺奋进

油田传来的钻井声
比悠扬的琴声更动人
它也许是岁月的赞歌
唱响双百年的民族复兴的梦
陌上的风，吹打着节拍
涌起了岁月长河中的沉淀

忽视蛐蛐的吟唱
听，胜利人的声音
忽视云里云外狂风的喧哗
听，热闹，繁忙，油田的声音

胜利的方向

每一条路，都有一个方向
每一个人，都有一个梦想

胜利人的路与梦想
是跨过明媚的山峦
跨过铁青的平原、奔流的长河
去往高质量发展的诗和远方

用一个时代，安排出场

涉足滚滚的春潮，启程
高举旗帜进军的号角嘹亮

固本培元，夯实三基
用石油作为阳春甘霖
浇灌发展之树叶茂枝荣
每一个成果，每一片云彩
都会在清风乍起时轻舞飞扬

向远方，向远方
嵌入生命的动力，迈开脚步
在时光的转角处，在胜利的终点
执一支青春与激情的笔
谱写出一篇锦绣的胜利华章

河从家乡来（组诗）

邹会莉（胜利油田）

河从家乡来

在家乡源头一路奔涌而来
从壶口跌落到深渊
砸起朵朵振聋发聩的飘云
茶壶，抑或酒壶
倾倒出氤氲或浓烈的烈焰
洋洋洒洒　荡荡漾漾
一心决绝、永不回头地奔赴
带着陕北的唢呐、铜锣、大鼓
裹着陕北的执着、纯真、豪迈
一路向东　一路滋养
直至魂归蔚蓝大海
老石油喝下一口浑浊的河水
啊，忆起了甘甜醇美的家乡

石油吉普赛

爸爸把大衣柜用麻绳层层包裹
它也将紧跟主人不停歇的脚步
沿着石油脉络而迁徙的吉普赛
领略过边塞孤寂的胡杨林
震撼到漠河绝美的白昼
西北的腰鼓踏着风沙，扬着激情
黔南的密林遮天蔽日，隐去云天
收拢行囊　拖家带口
跟随多年的物件，温润着熟悉的气息
不忍丢弃，如不曾割舍的青葱岁月

那里听说，地名是一棵树、孤岛
跟着油流走　跟着井架行
妈妈细心地把盘碗包裹紧密
描摹的景象里一片荒凉
梦里，我竟率先来到这片土地
采油树就是荒原挺立的大树
成群的小伙伴是盛开的花朵
这里也是熙熙攘攘

荒原的月亮

光亮的圆盘从荒原升起
越过密匝的苇林
越过飘飞的芦花
银粉倾泻千里　大地如处子般纯洁
盘子里沟壑纵横　纤毫毕现
拱形山峰　桂树婆娑
那旖旎的身影可是孤苦的嫦娥
光芒润泽着草木葳蕤
也包裹着少女的身心
连呼吸都充满轻盈和灵动
那条等待晚归爸爸的路上
斑驳倒影中小小的影子
月光和她玩捉迷藏
从玉兔到天狗吃月
站立的线杆是注目的观众
传来阵阵急促的脚步声
月光下，有个人影由远及近

油田在我的眼里

春风里穿行　荒原上的春天来得很晚
目光所及的地方
小小的心的世界
总会因梦想之花嫣然绽放而柔软

夏日的炙烤，在离地二十二米的铁塔上
白色金具升腾起炎炎的暑气
为我全身涂抹上黑色的光泽
盐渍结成硬壳如护身铠甲
十月芦花飘雪，碱蓬似花朵铺满渤海滩
划着冲锋舟奔赴水中线杆
哗哗哗　圈圈涟漪惊扰起幽静
白色的云朵和白色的芦花交映在水中
雪落无声　变压器嗡鸣声
是我在冬夜里听到的最和谐的曲调
荒原啊　作为一个电力工人
我同样是你的女儿　石油的后代

入海口的潮汐树

沿着经纬的藩篱
去冲破束缚和大海拥抱
书写圆润交融的波涛汹涌
月亮引导下
用柔韧的刀子在河床雕刻无数的枝杈
伸展的枝杈向着远方
枝冠流淌着守护的血脉
是时间的回溯
还是生命的萌芽
巨幅的画章绘在地球的湿地
和海蓬子、候鸟迎接夕阳的洗礼
如镶上金色的滤镜
一片寂静

风中的白发

她总会出神地凝望着窗外
是在思念，抑或追忆
途经他的脚步，走遍石油山河
从泼辣的农村铁姑娘

到稻田里的油大嫂
敦实的身体蕴含着能量
眼眉含笑、娇羞盈盈的女子
初为人母、幸福满溢的女子
日夜操劳、白发渐增的女人
身形蹒跚、忘却岁月的女人
岁月如风　转瞬即逝
那曾说会永相随的人走了
送别他后，夕阳落在她的身后
她孤寂地走着，拖着日落的影子
遗忘也罢，沉湎也罢
晚风中的白发，飘呀飘
把她的心事昭告世人

秋雨的夜里

睡梦中醒来　窗外正在下雨
密密的秋雨淋湿了花草
也淋湿了我的记忆
想起了那年的这个季节
国庆赋予了一个大油田崭新的名字
想起了那个放羊娃出身的汉子
想起他站在钻台上愤怒的呐喊
石油工人一声吼
许多年了，他的吼声仍令我震颤
为了石油他忘了白黑
为了石油他忘了伤痛
为了石油他真的少活了二十年啊
今天提到他　仍让人禁不住湿润眼帘
戴上锅盔我要去到荒原
去到井架下
大声呼唤他的名字
呼唤那个过早离开了我们的人

我相信　千里油田
会有成千上万个声音回应我
包括花　包括草　包括树木
大地告诉我　他其实一直没走
他其实就活在我们当中

行走的工衣（外一首）

朱东英（胜利油田）

一件石油人的工衣
绿军装的父亲穿过
我也穿过
今天，我将亲手
为孩子穿上它

这是一件普通的工衣
里里外外
长满了牙齿
将石油人的斩钉截铁
咬合得严丝合缝

这不是一件普通的工衣
父亲当年在荒原赤脚奔跑
在泥泞踉跄挣扎
他怎么也想不到
盐碱花里泛起一丝丝的甜

一件工衣是一面旗
糅合三代人的情愫

是旭日升出海平面的一道光
是胜利人心头种下的一粒火种
是三千米地层下的呐喊
是三代人周身涌动的热血

孩子
你的名字里有光
愿你穿上前赴后继的红
追光前行

一场鲜为人知的台风

“杜苏芮”
从西北太平洋老家
愤怒出走

它不是鹰
也不是传说中的蝶
四次升格
层层加码

从大洋切入内陆
将白昼卷入黑夜
鹰一样飞翔
蝶蛹般羽化

肆意扫过鲁西北的石油小镇
台风过境之处
雨花飞溅
闪电即逝

推开二楼的窗
法桐树叶子摊开手掌
乌云轻轻揭去天空的疲惫

带露的草尖上
金蝉悄然脱身
一具透明的完美硬壳
告诉大地鲜为人知的变化

稼穑系列之桑梓（外三首）

黄龙江（河南石油）

其一

新桥上看旧桥
多少来回
丈量着河的宽度
疯长的茅草记忆
除了熟悉的稼穑
就只有这座标志：行人止步
的老桥

其二

稼穑其实是被忽略不计的
农夫锄地时关心的是荒草
如果没有沉甸甸的穗子
亦会如弃草芥

其三

关注乌克兰的粮食
进不进口
才是老百姓的心头事
战争让种子和土地成为
最后一道碉堡

其四

我们都是城市的盆栽
总要回到疯长的乡村

其五

城中村里的麦子
收获了这季
来年前途未卜

家园后退几步
高楼大厦拔地而起

从韭菜普及到麦苗
也许再也找不到乡愁的天地
只能在红绿灯下徘徊

立夏纪实

草长莺飞
这个季节就像一道门槛
有落英缤纷
更有铿锵绽放

我们必须接受
一些老去的植被和人
尘埃落定
才是重生

父亲节到了
点一支烟遥祝
一千四百六十七天
沉痛记忆

鹳河　鹳河

用一只候鸟
命名的母亲河
穿城而过

多羡慕它们
借助风或者一朵云

天堑是留给人类的

一条河成就了一类鸟
彼岸花开
此岸鸟鸣
驻马山晨钟暮鼓
河畔芳草萋萋

寂寞沙洲
游鱼从秦川到楚川

穿过小三峡

两岸青山有英雄泪
金戈铁马的叹息
一曲悲歌一杯丹江的水
浪花飞溅写满了心扉
连朝楚暮秦也跌落江底
每一滴都饱含着
倾盆的眼泪

画舫的红是江畔的唇
蘸着碧玉簪染色的水
写不出
画不来
丹江三峡的赤子之美

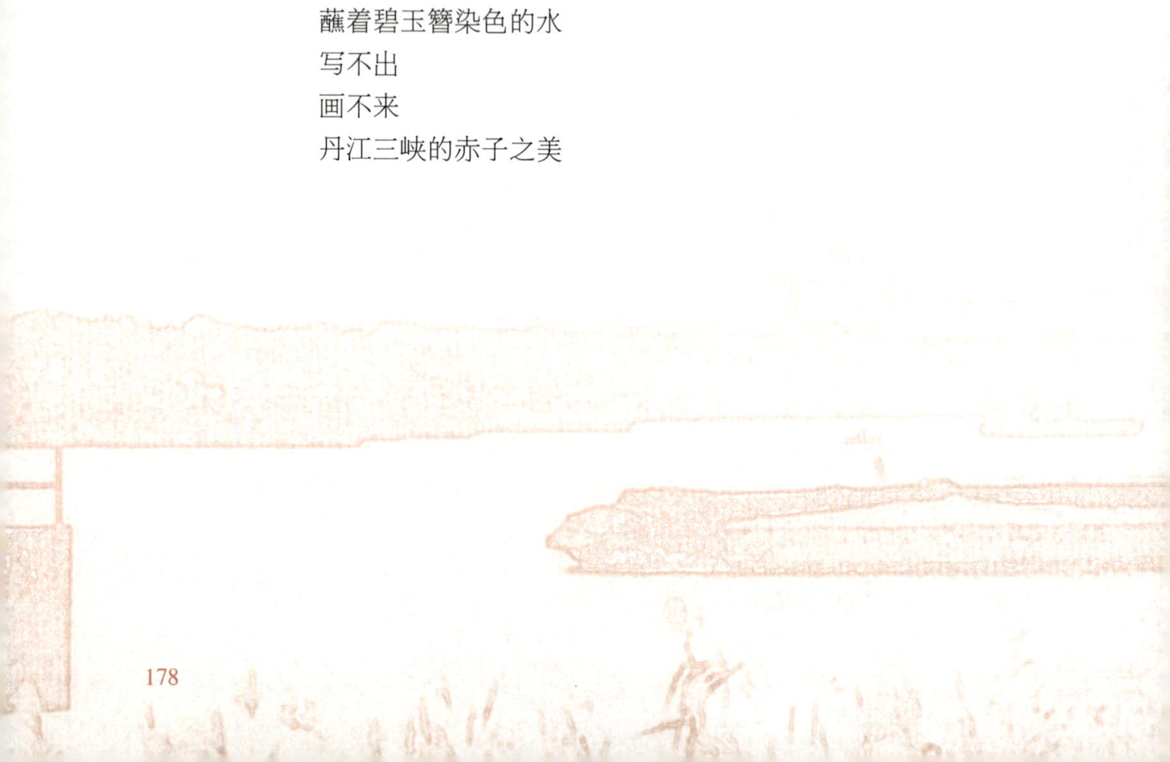

太阳缓缓升起（外五首）

张秉正（江汉油田）

太阳缓缓升起
我看见麦苗欢欣地拥挤
想着一群洗完手的孩子
踮起脚尖　把双手举过头顶

那些被晚霜涂抹的野岭
也从冰凌的封锁里
慢慢化为懵懂的露水
沿叶片的脸颊　湿润周身
铁皮房窗外那些
笨而肥胖的肉肉
支棱着耳朵
我看见粉红的血管里
正装着阳光

那些可能形成于几百年前的田埂
以及生长在诗经里的野草
还有刚刚睡醒的昆虫
都在你的照耀下　舒展心身

郁郁葱葱的胡杨林

我来凭吊你的时候
你正郁郁葱葱
扎根在广阔的戈壁滩上
热情地迎接　一场又一场
预谋已久的龙卷风

塔里木河水宣泄而下
干涸的河床一片沸腾
你尽情享受这一年中

最畅快的日子
在火辣辣的太阳下
飞出杨絮
传递稍纵即逝的爱情
依偎在你脚下的红柳
早已一片潮红

前方是罗布泊　你的祖居地
铺天盖地的黄沙已将它埋葬
你的祖先依然垂死在那里
佝偻的身躯　掏空了内心
成为时空中审美的主人

我迷恋你的葱茏
不再前往预定的行程
不去打扰小河的女人
不想看见　你的前辈
倒下时的那番遗容
却望见一棵棵钢铁之树
成为大漠落日的生命方舟

致沙漠

这是上帝遗忘的沙场
只有嘻哈的风常过来照看
或作着沙画
或堆着沙雕
让你一刻不停　变化万千

其实这样的轻抚
对你来说早已微不足道
作为这蓝色星球的异类
给你黄金般的光泽
却让你身份卑微

不再回想
曾经在海床上的舒适岁月

只记得被驱赶　被放逐
紧抱你的海水
迅速离开的那一天
这之后
日头炙烤着你的身体
让你无依无靠　无根无源

幸好还有这么多同伴
集合在一起
成为炫目的家园
都经历了苦难
就贴上死亡之海的标签
让一切止步　甚至是时间

你依然活着　听得见
石油河隆隆的咆哮
还有那遥不可及的绿原
你轻盈的舞蹈
如这金色海洋的浪花
覆盖着黑色的油湖

乌鲁木齐的云朵

云朵在戈壁滩上
制作一个个湖泊
在荒无人烟的地方
创造生命的假象
这些上帝的羊群
每天都来到雪山之上
漫无目的　不慌不忙

老去的河流
像倾倒的古树那样
复印在黄表纸装订的封面上
天山之雪与你合二为一
缓缓移动

让我置身南极的海洋

油田

农民耕种于农田
棉农采摘于棉田
石油人劳作于油田

只要和田地沾边
就和风雪有关
就和色彩有关
就和希望有关

登上井队的平台
四周是金色的麦浪
白色的云团
唯我一身红衣工装
紧握刹把
夕阳下
收割黑色的石油

路

那些即将倾倒的工房
像极了我熟醉状态下的脚印
而那些从废弃的钢构件处
渗出的锈渍
应该是我青春时代
遗忘在那儿的汗水

石化日常微妙的时光（组诗）

任厚毅（胜利油田）

如果你向一湖水祝福

如果你向一湖水祝福
那么湖里所有的水
都知道了
包括每一个水分子
那么鱼也知道了
那么其实所有人都会知道
原理是这样的
水分子会蒸发
那么天空中的
水蒸气都知道了
那么你城市上空的
水蒸气也知道了
它们会变成雨或雪
落在你家门口
或者更巧的是
正好落在你身上
退一步说
它们没有变成雨或雪
那么它们也在空气里
随着你的呼吸
进入了你的身体
那么现在
我已从湖边散步回来
写这首诗的时候
也许刚刚的祝福
已经抵达了你
优美的身体宫殿门前

民间音乐大师

磨剪子来戗菜刀
清洗油烟机
收破烂收家电收头发
窗外所有传过来的
这些重复的吆喝声中
我尤喜欢今天的
是一个收破烂的
声音极低沉柔和
声调由极高陡降
还带着颤音
像是鼓足勇气
猛喊出来
但一出声
即后悔
马上转成低语
收——破烂
它重复起来
还形成一种
极简极微主义的
迷幻爵士风格

有一种雪花飞舞

很亲切
就像童年的
小伙伴们
上下左右围绕着你
跳着叫着笑着

百变小熊

一只棕黄色大玩具熊
被放在施工板房外面

一张废弃的椅子上
有太阳的时候
它是懒洋洋幸福的小熊
雨过之后
它是失恋后伤心的小熊
夜黑风高
它是心怀叵测图谋不轨的小熊
春风沉醉的晚上
它是急需安慰渴望被人抱回家的小熊

好东西还是慢慢走比较好

她说
只是寄的邮政快递
可能速度比较慢
三五天吧
我说
嗯嗯
好东西还是慢慢走比较好
你想啊
它永远在走
就永远是一份情意
在朝向你
当它来到面前
它不过是一些东西
而已

非诗人

有一个世界
全部是诗的
所有的一切
都以诗的方式
呈现和表达

相比我们这个世界
诗仅是一小部分
且这一小部分
也并不被
多数人接受

全部是诗的
也可以说
是纯粹的
是顶流的
那么那个世界的
发展趋势
就是非诗

那个世界的诗人
就是非诗人

中国石化：向祖国报告

田传朝（中原油田）

一

四十多年了
我在一首熟悉的歌声里长大
五湖漂泊，四海为家
它曾在天山飞雪里飘过
它曾在戈壁风沙里唱过
它曾在金沙江边、昆仑山下跋涉
行走在我的履历里
蹉跎了父亲的岁月
就像一只鸟儿，当风吹过
天空中留下飞过的痕迹

你看，这是一面确保国家能源安全猎猎招展的旗帜
你听，这是一滴石油保障经济社会发展的庄严承诺

二

当渤海湾的风浪拍击着岛礁
熹微的晨光穿越大巴山的青杠林
西部边陲，浩瀚的沙海还在沉睡
轰鸣的钻机正向大地深处挺进
一颗梭梭和一轮明月对视

挺进，挺进
挺进地下一万米！
在塔里木盆地顺北油气田
滚烫的日子
亚洲最深的“深地一号”
采撷油气能源皇冠上最闪亮的明珠

四川普光，散发出瑰丽的普天之光
这里有国内首座大型高含硫气田
重庆焦石坝，一个能把石头烧焦的地方
这里有中国首个商业开发的页岩气田
一个个采气树
点燃激情、梦想、憧憬和希望

2021 年 10 月 21 日
山东省胜利油田莱 133 区块
一个洪大的声音振聋发聩
“能源的饭碗必须端在自己手里”
我心中突然涌起一种自豪和骄傲
这是初心、使命、责任和担当

三

我用手中的画笔
沿着蔚蓝色的海岸线，尽情描绘——
首先是燕山山脉
像一条苍龙横亘东西
齐鲁大地苍茫辽阔
明月照在长城内外，大河上下
银光闪闪，波光粼粼
接着，跟随一条奔流不息的长江
行经荆楚、潇湘大地
乘长风，汇入东海之滨
挽起江浙的臂弯，珠链熠熠
最后来到南粤，大湾区炼塔林立
灯光闪烁，迷离似幻
是星空，亦是“银河”

一片雪花的梦想
与一缕氢气交织
冰与火相遇
点亮北京 2022 年冬奥会、冬残奥会的光芒
用激情抒写中国石化篇章

能源至净，生活至美
氢能、地热和光伏
奉献着洁净能源
一个个更加斑斓如梦的日子
装点幸福生活

四

在甘肃省临夏州东乡族自治县那勒寺镇
大树村石化小学
我们隔着方言，隔着高原
隔着童话和梦呓
隔着两千六百多里的距离

听啊，那个 13 岁的东乡族女孩妥梅梅
演唱了英语歌曲串烧
她是快乐的，我也是快乐的
“小狗说汪汪汪汪，
小猫说喵喵喵喵，
小鸭说嘎嘎嘎嘎……”
孩子们的欢声笑语
落在一坡一坡红色的、紫色的、黄色的
藜麦花上

在东乡族自治县
尽管唐汪大接杏、河滩桃梨、大红袍花椒
不再散发诱人的香气
此刻，我是幸福的
深深被东乡族史诗《米拉尕黑》
和河州花儿陶醉

五

每年，火红的木棉花盛开
辛勤的蜜蜂开始上路
它沿着一条条黑色的、黄色的输油（气）管道
自南向北，穿越一片片金黄的

油菜花海

抽油机一高一低往复律动
井架、炼塔在拔节生长
一座座加油站像珍珠
镶嵌在牛哞羊咩鸟啼以及新翻的土地上
一幅壮美的中国画卷
在神州万里版图上徐徐打开

一个颀长秀丽的加油站姑娘
她轻轻擦拭着脸颊上晶莹的汗珠
一只布谷鸟
整天都在井架、炼塔、抽油机耸立的
原野上鸣叫
它在为勤劳的人歌唱

六

向祖国报告
我是海洋里的一朵浪花
我是沙漠里的一颗沙粒
我是南部的一缕阳光
我是北方的一株翠松
打开彩虹般的微笑——
用火焰红向地心采掘
用天空蓝炼化石油
用蔚蓝为美好生活加油
用碧绿装扮祖国的每一座山每一条河

向祖国报告
以“爱我中华，振兴石化”的情怀
以“能源至净，生活至美”的名义
以“党和人民好企业”的形象

哦，多么幸运，我是他们其中的一员
你看，一轮正冉冉升起的朝阳
喷薄欲出，霞光漫天……

脊　梁（组诗）

——献给中国石化辉煌四十年

老　弦　蓝　蓓（茂名石化）

序　章

有一种担当
在荆棘中耕耘
只为更好地奉献

有一种奉献
在烈火中淬炼
只为更好地担当

四十年栉风沐雨
四十年风雨兼程
四十年砥砺前行

数十万石化儿女
汇聚磅礴力量
担当起强国惠民使命

第一章　强国重器

水之北，山之南
头顶信念，胸怀忠诚
在祖国母亲脉脉温情中
点燃熊熊的火
点亮万家窗绡

祖国需要什么，我们就生产什么
磕头机登山入海，加油站星罗棋布
钢铁五线谱吟唱着咱们工人有力量

石化蓝用大写的责任
筑牢共和国腾飞的基石

长城牌润滑油与“嫦娥”共舞
大丝束碳纤维在冬奥赛场“飞扬”
生物航煤跨洋过海
还有中国人自己的 mpAo
在国之利器熠熠发光

每一次嬗变都焕发蓬勃激情
每一次仰望都热血沸腾
这就是大国重器
以四十华年厚积
傲立于世界百强之巅

第二章　惠民先锋

从春天出发
踏着“为美好生活加油”的节拍
每一次回眸
眼里都是彤红的色彩
每一次驻足
只为那温暖的笑靥

人民需要什么，我们就生产什么
高等级道路沥青让道路更高端
腈纶、涤纶、塑料、橡胶
装点人民美好生活
从城市到乡村，从山川到河海
石化蓝在祖国大地倾情绽放

幸福快车将光明洒向大江南北
希望小学把希望播种在长城内外
东乡藜麦讲述着乡村振兴的故事
浩浩荡荡的摩托大军捎回了驿站温暖
还有的士司机、环卫工人、留守儿童
那些动人心弦的笑容，历久弥新

第三章　精神旗帜

黝黑的石油里
有一种精神沉淀
穿越时空，连通过往
在井架旁，在炼厂里，在油站内，在工地上
濡染，传承

从龙江源头到南海宝岛
从西北大漠到渤海深渊
从波斯湾到阿非利加洲
从繁华都市到苍茫荒原
数十万石化儿女热血丹心
苦干实干、三老四严

浩瀚星海，巍巍塔林
四十年步履铿锵
“爱我中华，振兴石化”的家国情怀
求真务实、精细严谨的优良作风
沉淀了石化优良传统
凝练成精神旗帜，代代传承

沐浴新时代的灿烂阳光
高高举起这面红色的旗帜
在市场经济大潮中锤炼出坚强脊梁
扛稳“三大核心职责”
扛起新使命新任务
谱写中国式现代化的石化新篇章

第四章　感恩奋进

南海的风，述说着南方油城六十八年的往事
那个从石头里榨油的故事
那一滴滴从页岩里榨出的石油
和着石油人的智慧与汗水
点燃荒原下蕴藏万年的宝藏

点亮万家灯火

紧跟共和国前进的脚步
沐浴改革开放的东风
随着您的指引与呵护
我们一往无前
在这座南方小城，崛起了
全国首座千万吨炼厂，崛起了
全国首座百万吨乙烯生产基地

在新时代灿烂阳光下
我们跟着您的步伐，众志成城
强管理、深创新、勇改革、快发展
综合实力大飞跃
经济效益居前茅
转型发展踏大步
高质量发展迈上新征程

四十年峥嵘岁月
我们不会忘记
顺境时您的殷殷鼓励，不会忘记
逆境时您的关怀帮助
更不会忘记，艰难时刻
党组领导现场忙碌的身影，和
部门领导专家们直抵心胸的温暖

我们深深感恩
感恩您的关怀与帮助
感恩您的温暖与包容
6000 多名茂名石化人
将牢记嘱托，感恩奋进
以忠诚铸竭诚，以责任赴使命
奋力谱写石化高质量发展新篇章

遍地盛开石油花（组诗）

齐鲁明（胜利油田）

石油之城

毕业后，当我来到这里
眼中是遍地的苇丛
还有一望无际的盐碱地
这样自己略感失望
现实距离梦想
存在着巨大的落差
就像那地下深处
要来到地面的黑石油
这样，也好
无中生有，才有更大的成就感
你看，那一座座耸立的钻塔
你看，那一座座不知疲倦的抽油机
虽然始终沉默不语
它们却在每天每夜的重复
和坚持中，将自己
立成了无畏的钢铁勇士
风在吹动我年轻的黑发
我将和它们一起
参与到轰轰烈烈的战斗中
为了胜利，为了辉煌
如今，多年过去
白发和皱纹
已成为岁月里的勋章
我跟随着石油大军
在胜利的疆场上
一起坚持着冲锋陷阵

钻塔和抽油机
还是从前勇士的模样
一座座高楼大厦
像疯长的苇丛
生长在了大地上
一座座公园
让热衷劳动的人得到休整
无数的霓虹灯
将我们通向胜利的道路
一再照耀
因为石油
一座石油之城
在不觉间，替代了
当初那让我略感失望的荒野

石油花

在胜利油田
在不断扩大的黄河入海口
最初我见到的花朵
只有芦花、荻花和不知名的野花
那时，我们还没有时间
去种下桃花、杏花、海棠
以及酒杯般的玉兰
我们石油人的心中
始终藏着一朵朵黑莲花
它们在地宫深处孕育
我们需要立起参天的井架
我们需要在钻头引领下
为它们铺下钢铁的花茎
我们需要用采油树的阀门
控制它们花开的季节
我们需要在那庄严的时刻
备下期待的目光和呼唤声
当它们喷涌的那一刻

当它们以火焰的形状绽放
这样关于富贵、光明和温暖的花朵
就盛开在了祖国的大地上

每一名石油工人都是诗人

大地，为我们孕育了黑石油
在胜利油田，有四十万寻找石油的大军
为了遇见石油
他们要走遍荒野、滩涂、城区
他们要在茫茫大海上安营扎寨
为了寻找更多的能源
他们要在祖国的领土上
翻山越岭，南征北战
他们要让红色的旗帜
在茫茫沙漠、戈壁和高山上
一再猎猎作响
他们要与孤独和夜晚共处
他们要面对所有的狂风暴雨和大雪
他们要在沉默中
用不断俯下的腰身
在大地上，蘸着汗水
书写关于黑色的文字
而这样的一笔一画
都有着令地球抖三抖的力量
他们心中的远方和诗歌
就是那祖国和人民
一再牵肠挂肚的，黑石油

石油人的秋天（组诗）

李长宇（胜利油田）

石油人的秋天

先是一场大风
接着是两天连续的雨
石油人的秋天
来得没有征兆

银杏树向我们招手
停留或驻足
多么奢侈的事情
还要往前方奔去
那里才是我们石油人的战场

秋雨，将炎凉
拍在我们的脸上
我们的每一条皱纹
都在高呼和对抗

抽油机不停地叩头
是石油人日夜不停地劳作
也是我们对这大地
永远的敬畏与感激
钢铁可以生出锈迹
我们要在这秋天的怀抱中
耸立起石油人金色的图腾

页岩油

奇迹，在奇迹中诞生
胜利，正在走向胜利

一年前
第一次认识你
我就暗生情愫
神秘，紧张
在一次次的探索中
刻画，了解
从来没有像今天这样
直直地
凝望着你
亿万年的时光
你风雨兼程
沿着狭窄古老的缝隙
来到这里
我手捧石质的书页
在芳香中一再探寻你的踪迹
你见过了所有的历史
余生，就让我继续书写
当我小心翼翼
掀开你古老不腐的面纱
我用快门将你
定格成永恒
我还青春
我默默许下今生陪伴的誓言

孤　独

孤独是迷人的
你看那遍地的抽油机
在日复一日地转动
那钢铁的声响
是我最爱的重金属

孤独也是一件红工衣
在荒无人烟的井场上
那就是最晚的红霞

那就是国旗的一部分

孤独还是无数个黑夜里
扼住蚊虫和刹把的手
让亿万年前的石油
重见天日

孤独在石油人的口袋里
孤独在石油人的饭碗里
孤独也在石油人的心里

她，或我

像一只麻雀
在荒凉的井场
用她的喙啄击地面
那是她每日的工作
石油工人是她的好友
他们是最亲密的伙伴
伯牙子期，无话不谈

如今她病了
大大的井场上只剩下她了
她只能等待
一天、两天、三天
她盼望着，盼望着

秋天的雨下在井场上
落在她身上
滴答作响
她跪在井场像在祈祷的信徒

你可记得她曾经的风光
她冲着天空
一次次抬起头
每当石油从地宫来到人间
她就将自己想象成一只黑凤凰

油区双面胶

大家眼中的奶油小生
常常赤膊上阵
他是前线的一把尖刀
是电光石火的救世主
一双调解矛盾的脚
跑过老百姓的庄稼地
也踏进过人家的菜园子
他懂得，石油沟中的月光
有父辈的期许
他更懂得，到石油沟中去
俯下身子，亲吻泥土
是有油味的兄弟姐妹
把我们高高举起

大风歌（组诗）

葑凌渡（胜利油田）

大风（一）

风从五道梁来
和草原戈壁上荒凉的枯草一起，吹向我
吹向，一棵孤零零的树
孤独地摇曳。在偌大的一个
草原上，几片叶子像鹰的羽毛
飞向更大的天空
水把一枝吹断的芦苇，送往下游
我抬起头
尽可能把往事和爱情，还有
我的孤独，倚向一处避风的墙角
尽量，把脸仰起

大风吹
从冰川之水，吹向苍茫的雪山、戈壁、山丘
吹向一朵云。看天上
云也在天空，看着我
大风一直吹着我，那只鹰
白云知道
还有，五道梁上
几千里的苍茫，和更加孤独的风
这辈子，走也走不出

大风（二）

从可可西里向北
一直吹。吹过昆仑山、纳赤台、格尔木
吹过，昆仑山上的白雪

吹散了白云，不知所踪
吹皱了，一条溪水的忧伤，干涸疼痛
枯萎死去

大风吹
吹弯了的时间，放慢流速
吹乱了，一身匪气，一路咆哮着
多像一只兽。孤独之极
大风握住了，一把枯草的金黄
多年后，河岸边仅存的一枝芦苇
在可可西里，和我生前哈德门烟草的余味
纠缠不清

大风吹过
流年的等待，如我的祖先
早已爬满了，思念的沙丘
霉斑的族谱
在等待的风中，破碎

大风（三）

一出昆仑山
雪水河之水，清冽如剑地流淌
大山的风，吹皱了河水
怀揣着时间的冷，吹向沙洲
吹远了大地黄沙，和万里云朵
大风，吹啊吹
我的生活
从远方而来，又去向了仓皇大地的某处
也吹痛了
归墟之地

在那一刻
我知道了风的意图。直击梦境
闯入玉珠峰的神谕之所
向着大荒原上，戈壁古老的砂砾

和卑微的民间烟火
不停地吹。一阵紧似一阵
吹乱了天地
吹枯了荒草，和雪的诡秘幽冷
阳光从漫天黄沙中刺向冰河欲水
旷野的风，再野，再大
再也，吹不回从前
再也吹不见，那个夜晚的清幽，和醒着的我

大风（四）

我去纳赤台，它吹一座座大山；
我去格尔木，它吹都兰的云；
我去茶卡，它吹山谷里的羊群，
一会儿吹向谷底，一会儿吹上山坡
我大声说，我要去天上的西藏

一梦醒来
大风又不知吹到哪里。天空一片深蓝

北方的知了（组诗）

沈顺万（胜利油田）

北方的知了
叫声比南方雀儿凶
个子那么小，模样那么黑
声带却宽得令人瞠目
北方听蝉，南方观鸟

在夏日的枝头上
时光短促得像根针
我想将破碎的灵魂
缝合得天衣无缝

轰鸣四起
热浪是你身披的袈裟
我被起伏的声浪托举半空
随即又抛入地下

在南方
几粒鸟鸣
戳破黎明前的梦境
听出不同性别的鸟儿
在为一桩家事争论

用声音摩擦空气
能感觉我微微的颤动
鸟鸣翻捡多年的旧事
像一朵不知
漂泊在何处的云

有风的日子
梨花都开向同一方向
你问我的归期
大雁恰好收拢双翅

从一枚海螺里，我听到石油的喧响

黄河口的芦笋
在春风中搅动往事
我伫立岸边，倾听
亲爱的钻塔讲述
一枚海螺怎样吹响
大海的涛声
在海边打井
橘红色的工装，围在
旋转的钻挺周围，正
移动吊卡，让时间流汗
用扶住刹把的手唤醒石油
这时，飞鸟的低语掠过天空
落在钻工的肩头，像刮过
一小瓣春风

他们与岩层私交很深
日夜与地球密语
在深入地下四公里的地方
用六个月的时间丈量初心

当芦苇长矛在手的秋天
再次莅临这里
我会动用一个大海的浩瀚
迎接一场风暴的降生

在海边

海游过我的左边
鱼游过我的右边
总有一两朵浪花，打湿
掉进海里的云朵

鱼儿在水底，忘记
阳光的颜色，不用

躲避暴雨的击打

我要在人间躲避
谣言、猜忌和时间
丢弃的尘埃
在海边，我一直
不敢直视它的蓝

大海隐瞒一场台风
仿佛鱼虾隐瞒了一段婚史

奔跑的列车（外一首）

孙志惠（胜利油田）

从德州到郑州
一字之差的旅程里
我与一枚硬币
对视了 3 个小时

硬币在车窗前站立
列车在某一时刻出发
又在某一时刻抵达
硬币是睁大的眼睛
任山川河流飞驰
看大地画满丰收的棋盘

窗外的风景
切换不同的人生
长长的车厢
节节相连，又兜兜转转
偶然与背道而驰的列车相遇
硬币与铁轨产生金属的共鸣
发出歇斯底里的吼叫

仿佛穿越了时空隧道
无数陌生人与我擦肩而过
影子叠着影子
脚步踩着脚步
我握紧行囊，被抛在了下一个站台

中原大地，每一寸热土
都有家乡的味道
而我只是一名匆匆过客
进站与出站的人流依然拥挤
列车呼啸着远去

载着一枚遗失的硬币

震后余声

一面镜子
在住了多年的书橱上
失足跌下
惊动了两个玩偶，面面相觑

床也不安分起来
使劲把我晃醒
梦与镜子同时被打碎
手机屏显示凌晨两点半

跑步声，叫嚷声，雷声
分不清来自天上，还是地心
一些行动迅速的人
在楼下聚集、聒噪、熙攘
而我还没来得及穿好衣服

北纬 37 度，鲁西北平原
一个叫作王打卦的村庄
以 5.5 秒的速度冲上热搜
那晚的楼区，每扇窗户都睁着眼睛
齐鲁大地的子民在同一时间醒来
整个华北同时加速心跳

几个小时后
太阳照旧升起
人们庆幸着躲过了灾难
一边打着哈欠
一边把愤怒的巴掌伸向委屈的狗

一滴水的浪漫

姜化明（胜利油田）

一位眼镜片很厚的男士，站在地质构造图前
一口油井，是一个红点
一口水井，是一个绿点
他在红与绿之间，描啊描
描出了一滴水的生命流向
带上眼镜片的嘱托，我在地层深处缓缓流淌
一滴水，奔腾出石油人的胆魄、气魄和精魄

一位穿白大褂的女士，站在实验室操作台
点一滴神奇的液体，水里析出一些杂质
再点上一滴液体，水变得透明而纯净
她把水倒进量杯里，晃啊晃
晃出了一滴水的内核的气质
裹上白大褂的希望，我在井筒里汩汩流淌
一滴水，奔涌出石油人的格局、浩气和精髓

一位身着红工衣的姑娘，站在芦花飘飘的荒原
一手提着小样筒，一手拿着手电筒
深邃的光线延伸到一间间注水泵房
拨开密匝匝的芦苇荡，走啊走
走出一滴水不一样的诗与远方
捎上红工衣的期盼，我在注水管线里激情流淌
一滴水，跃动出石油人的灵性、精神和气度

在地质大观园里，水是石油的灵魂吧
水驱动，油流欢畅
我甘愿化作，一滴奔流不息的水
流向千米地下千姿百态石油迷宫
去追寻一滴水与一滴油的浪漫邂逅
一滴油、一滴水，手牵手、向前走
在石油人的期待里，完成涅槃重生的使命

石油之光：致敬油田战士

李新波（胜利油田）

孤独的油田

烈日下，我走在茫茫油田
黄沙漫天，随风舞蹈
远处的野草，凋零不堪
只余下一片荒凉

这里没有繁华的城市
没有喧闹的人声
只有一群勇敢的工人
在这嘈杂的机器轰鸣声中劳作

每天的日出，他们都看见
每夜的星空，他们也拥有
而我，只是路过的旅人
无法分享他们的感受

我想，这样孤独的生活
也许只有在这片沃土上才能品味
我向油田工人致敬
因为他们用汗水谱写着胜利的篇章

黎明的光芒

黎明时分，我站在油田的边缘
远望着那一片油井的森林
巨大的机器似乎正在进食
接力地吞噬着黑暗的世界

细数过去的岁月
这里曾经是一片寂寥

如今却成了硕果累累的胜利
那些年，我们只身一人在荒野里拼搏

油井的采油机在汲取它们的力量
我想起了这片大地的历史
我们曾经经历过生死离别
也曾经历过荆棘和坎坷

在黎明中站立，我感觉到了一丝温暖
这种温暖并非来自太阳的光辉
而是那些挥洒汗水的油田工人
他们用自己的坚韧打破了黑暗，带来了光芒

我向他们致敬，感谢他们为我们带来了新的胜利

勇往直前

战士们，你们在哪里？
是在远方的油田吗？
听说那里危机四伏，随时都会有危险

但你们没有退缩
不屈不挠地前行，朝着胜利迈进
你们干净的制服上布满了汗水
你们疲惫的身体中蕴藏着信仰

风雨中，你们坚定地站立
烈日下，你们埋头苦干
你们的身影深深地刻印在我的心里
你们用勇气诠释了生命的意义

所以，当我看到胜利的旗帜在风中翻飞
我知道这是你们勇往直前的成果
当我沐浴在胜利的光芒中
我想起了你们的坚持和奋斗

谨以此诗，向那些为油田荣耀而奋斗的战士致敬！

站在东经 118° 50′、北纬 37° 43′ 的那个男人

林月楼（胜利油田）

一盏　照亮黑夜的灯
一曲　裹挟寂寞的青春
一张　承载密码的构造图
一个　灼烧滚烫胸膛的黎明
石油，这本字典
他已日夜翻阅二十年

从小层平面图过渡到构造图
他一直那样痴迷　坦荡　从容
一团被孤独湮灭的风　不断翻涌
呼啸着身体血脉偾张
石油，这阕词
他已专心攻读二十年

从一个夜晚奔赴到另一个夜晚
窗外的月光　铺展　起伏　绵长
他无畏一丝清冷　三分悲壮　四面苍凉
唯有信仰　从钢铁的身躯中发芽　生长
石油，这首古诗
他已日夜书写二十年

二十年很近　二十年不长
扑面而来的青春　辗转　蓬勃　跳荡
桌子上的那张井位图　早已写满黑色的曲谱
穿越万年的地层　驱动斑斓的乐章
石油，这首歌
他热爱　敬畏　膜拜
漫过春夏秋冬
将自己浇筑成一尊守望者

山间荔色（组诗）

许荣波（茂名石化）

禅

当一切都安静下来时
我开始冥想
磕睡时碰到头的那一刻猛醒
都成了顿悟

雨

将一颗又一颗的雨珠串起来一定非常耐看
那丰赡的雨不仅眩惑了眼睛
也泼醒了屋檐的梦
更扰攘了一壶茶以及一卷书的清寂

橄　榄

将一枚橄榄
丢进嘴里细细地咀嚼
品味到一丝丝青涩，还有甘甜
而草丛，却为那颗核腾出了地方

红蜻蜓

一只红蜻蜓停留在苇上
我蹑手蹑脚地走去
它却飞走了
停留在不远处的荷尖上

山间荔色

去根子的那天，一场率真的雨消弭了暑气
古道边的荔枝树上缀满了一抹鲜红
于是山色亮了
闭上眼，倾听那来自大唐的马蹄声……

月

秋天虽然到了
可稻子远未成熟
那一弯镰刀似的月啊
到底要收割些什么？

蝉

个头虽小
嗓门倒是挺大
明明什么都不懂
却满世界地嚷嚷——知了！

听闻远方有你

听闻远方有你
心早已悄然远行
像一片落叶跌落湍急的溪流
在随波逐流中不住颠簸

蜜　蜂

它们在繁花中穿行
不为赏花
它们只会在奔波的路上
酿造甜蜜

菊

世人都陶醉在这样的颜色里
如痴如醉
它却如弃敝屣
将黄金撒了一地

风起芦花飞（外二首）

刘　坚（胜利油田）

在故乡的小路
我与他　擦肩而过
回眸的那一瞬
月光落在了心

他的队部驻在村西头　我家住村东头
他能找到各种借口　借书　喝水　缝补衣物
坐在炕沿上不走　告诉我
他成天与石头打交道　一年四季在外跑
跟了他会常守空房
他问我怕吗
我说不怕

他离开时告诉我
第一朵芦花盛开　娶我
芦花漫野
一季又一季
我殷殷地盼着
一年又一年

路边的芦苇　像一位成熟待嫁的姑娘
羞答答　低目垂眉

秋一天一天深　心一瓣一瓣凋落
昨夜的泪滴
挂在清晨的芦尖上
茫茫原野
风起芦花飞……

飞翔的翅膀

对门老石油工人朱师傅的小孙子

推开门　探出一张稚嫩的脸
一边跑一边向认识的不认识的人问好

他大声问树上鸟儿好
问路边的花儿好
问花坛里的蝴蝶好
他所到之处银铃般的笑声落了一地

他展开双臂，迎着春风奔跑
像天空鹰的翅膀

老　屋

儿时中秋
是母亲大铁锅烙的红糖芝麻馅的月饼
装满我少年的书包

远嫁是一张小小的邮票
字里行间都是思念和牵挂
成年是一张窄窄的车票
风尘仆仆
奔向家乡的一缕炊烟　一碗柴火小米粥

中年再回故乡
老屋荒草萋萋
一人高的蒿草淹没了母亲所有印记
柴门锈锁
我站在屋外
大声喊母亲
老屋静悄悄的
没人回应……

朗诵诗两首

褚庆雨（胜利油田）

为新时代的石油人歌唱

我们，新时代的石油人
在荒芜无际的原野上，聆听着油井周而复始的轰鸣，尽情享受着滚滚油流的畅快淋漓；
我们，新时代的石油人
站在黄河入海的地方，体味着飞鸟掠过耳际的惊鸿，深切感受着海河交汇的磅礴大气；

我们，一身火红的工服，映衬在芦苇杂草间
鲜艳、明亮；
我们，一身火红的工服，盛开在钻塔井架间
纯洁、瑰丽；

每当我们踏着晨光走进油区，向前张望，那一架架律动的油井，就像一支支荷满风帆的小船在积蓄力量，扬帆远航；
每当我们踏着星光离开油区，回头凝望，那一盏盏不夜的灯火，就像一颗颗载满希望的星辰在闪闪发亮，指向远方；

我们很满足，因为我们延续了父辈们的生命，成为他们人生中最灿烂的篇章；
我们很富有，因为我们看见了父辈们的身影，得到了他们人生中最珍贵的金矿；

在这片肥沃的土地上，我们把信仰种植，让心中的绿洲在灿烂的阳光下，凝聚活力，焕发出蓬勃生机；
在这片希望的土地上，我们把忠诚作刃，让心中的理想在和煦的微风里，无尽荡漾，绽放出华彩乐章。

没有什么比梦想更加美好。梦想如同一眼潺潺而出的清泉，满怀动力，蓬勃生机。

没有什么比梦想更加美好。梦想如同一只羽翼未满的雏鹰，心比天高，搏击长空。

我们，不是巨人，可是却站在了父辈们的肩上，拥抱着石油的故乡，感受着骄傲与荣光；

我们，不是铁人，可是却挺起了奋斗者的胸膛，扎根在荒芜的滩涂，播撒着希望和理想；

石油，代表的是什么？是一支婉转动听的甜蜜恋曲
石油，代表的是什么？是一支响彻云霄的生命旋律

石油工人，就要像石油铁人那样，有魄力、有胆量，知难而进，奋勇向上。

而新时代的我们也要像铁人一般，用奉献浇灌盛开的石油之花，用智慧打造坚若磐石的石油脊梁，我们能够做到的，就是为这个梦想插上一双奋飞的翅膀！

让我们为梦想歌唱，因为它是信仰；
让我们为石油歌唱，因为它是生命的血液；
让我们为自己歌唱，因为我们拥有最璀璨的明天！

美好青春　相信未来

如果青春的蓬勃朝气是那清新的绿色，生命的热烈奔放是那一抹红色
我们石油人就是红与绿的追寻者，就是诗与歌的创作者
我们用战士奔赴战场般的责任与豪情
在广袤的荒原上写下：
相信未来！

高耸的井架，有力的是石油人与之荣辱的责任，
坚固的钻头，有声的是石油人与之俱进的心跳，
风雨如故，勇往直前
我们用坚定的脚步和无悔的身影写下：
相信未来！

篝火熊熊燃不尽片片豪情，钻塔巍巍压不倒铮铮铁骨，
石油人的血与汗挥洒出银河闪闪，
石油人的情与爱播种出油花朵朵，

时光荏苒，岁月难返
我们用一颗对石油滚烫的心饱蘸深情地写下：
相信未来！

凌云的壮志激起千层波浪，搏击长空的雄鹰飞入九霄云端，
相信未来，不让青春在蹉跎中虚度，
相信未来，让青春作证！
我，之所以坚定地相信未来，
是相信石油的颜色，
一如那寻找光明的眼睛；

我，之所以坚定地相信未来，
是相信石油的温度，
一如我们永远激荡的热血；

我，之所以相信未来，
是相信我们用坚实的臂膀，
一定能撑起百年胜利的希望；

我，之所以相信未来，
是相信铁人的精神，胜利的旗帜
必定永远传扬！

相信未来，在奉献自我的激情里放歌；
相信未来，把荒原当作画布描绘无悔人生；
相信未来，迎一缕曙光，披一路星辰；
相信未来，与风霜雨雪做伴，与井架石油结缘。

我们是石油人，一个响当当的称谓，
我们是石油人，用青春和汗水换来至高荣耀！
我们是石油人，用挺直的脊梁支撑起祖国永远腾飞的油龙，
我们是石油人，我们相信未来！

一点痴（外一首）

樊军伟（胜利油田）

我的乳名到底承载了你多少心血
你把自己都忘了
却还记得我

年味还在济南路上流淌
从西向东的风卷走了我荒诞的祈祷
“神内”的灯照着雾化后的时光
我蜷缩在病房的一角
口罩捂住脆弱
在轻寒的夜里
挣扎

十四楼外十五的烟花
美得剥离了辞藻
沸腾的月色里
捡起病床上你散落的笑意
嵌进我已经稀碎的生活
心甘情愿地陪着你
在眼下
在这里
默默等你喊我的乳名

你午睡，我打谱
透窗而入的阳光贴在你脸上
暖的亮的漫溢了病房
心头却不驻悲喜
未有春雪落棋秤
是渡还是断总也理不清
你的呓语挂着我乳名
乱了方寸
泪下时

落子春风里

轮椅换作拐杖
你蹒跚着走回了三岁
口水冲走了所有的世间累赘
你笑得干净
给你理了个光头
散尽灰白无处问舅
卸下挂碍
彻悟在正月里
你放下了
我又都背上了
每日里听你喊我乳名
如饮药
瘾上有瘾

紫叶李花满枝
斑鸠咕咕
你胡乱喊我的乳名
“哎！哎！哎……”

爸！
回家！！！

病房碎片

（一）口袋里的烟花

烟花明灭
佛有一说
道也有一说
元宵一夜过
星星点点都作春花

你摸我口袋
口袋里有手机
手机里盛满了烟花

（二）拈子

春阴缠绵
拈药如拈子
落何处
可长一口气

（三）汤圆

走出浮沉
随汤入了盏
犹是外冷内热
病房不置酒
汤圆就月

（四）护师

口罩下的笑意
从眼中流露
抽血换药打针
柔声细气
谁家儿女修得如此好脾气
心疼你
一夜未睡

（五）鼻饲

不论滋味
只求营养
一根软管连阴阳

一线采风之清河（组诗）

玮　子（胜利油田）

一

我们的中巴车在向南疾驰
电影《柳堡的故事》里的大风车
恁地在我脑海里荡起涟漪——
“东风呀吹得那个风车儿转哪
蚕豆花儿香啊麦苗儿鲜”

车窗外已有清河石油人的橘红工装
和彩霞一样的脸庞，缓缓掠过
他们身后的地平线上
除了有我们东营地区野外常见的芦苇
和碱蓬地勾勒之外
还有一座座盐山和盐田地默默点缀
我不禁感叹：有石油的地方荒凉都是一样的
海风在你的脸上晒盐

二

站在招待所二楼的后窗
刚好可以远眺海岔子里的渔船
几只海鸥的翅膀悄无声息地划过宁静的鱼塘
岸上已有俩垂钓者
早把个身影聚拢得像只“老等”（水鸟）了
他们的摩托车则一律侧卧在四月的青草岸边
咀嚼着无比鲜嫩的清晨时光

三

她说那一年的风暴潮来了

“小武汉”走了……
我看见眼前的高脚屋还挽着裤腿
葡萄架上的绿叶
一动，不动

四

夫妻井，这苍茫里的地老天荒
把日子过成岁月

院子里有一条黑色的忠犬
我知道那是一道卧着的闪电
凉棚下还挂着两坨腊肉呀
此刻正提着村烟里的记忆
在一根细铁丝上，“结绳记日”
哦，还有一小块菜园子呢
那又是一个多么温柔的梦乡啊

咦！谁的“绿脚丫”？在小栅栏上
伸着懒腰——

五

海滩站，8 名职工，38 口油井
多像天上的星宿
1 只流浪狗，3 只流浪猫
自动组成了“随军家属”

海滩站啊，你们想家的时候
长长的海堤就会捧出海面上的圆盘
接眨眼的星星

六

张——义——铁
我看你名字里不仅有铁
你“钢丝刷子短发”的下面

还有一团青春的火焰
你铁打的工作室呀
铁装置，铁装具
跟你们铁打的队伍攻坚克难
不到十年就降本增效五千多万元呢！

七

五榜样。除了张义铁呢
还有全国五一巾帼标兵荣焕青
湖北省“工人先锋号”138 接转站
集团公司注水专业竞赛金牌得主祁双杰
“江汉工匠”余克庆
还有“33 年写出来的时候就是两只大鸟在飞”
——江汉石油老作家严岛影先生的一路乡音陪伴

八

八面河第一井啊，跟我们华八井更是兄弟！
柽柳一样的姑娘，碱蓬一样的小伙啊
你们那火红的工装，早已把根扎在了盐碱滩上
你们站着是一面旗帜
倒下就是一片红地毯

而此时此刻的我
也只能做个“自私的人”
将“宅”字念一万遍
唯引一彪文字
在客厅里
踏青

以百年的名义

关脉凌（石油工程）

家住利丰，隔着飘窗
春天在向我招手
几棵盆栽的绿植
按捺不住性子，欠身韶华

小区的楼距宽阔
宽阔得可以盖上一幢楼
家门口的运动空间
不时传来孩子们的欢笑
小区的道路宽阔
宽阔得可以并排双车通过
庭院、园廊、亭台尽收眼底
青桐、山桃、紫荆花木繁多
小区的水面宽阔
宽阔得可以容下整片整片的云
曾经两度战胜台风强降雨
不仅仰仗小区的地基高筑
那蓄水的池塘也立了功
后来成为锦绣公园的一颗明珠

风儿拨动春池的心弦
鸟鸣啾啾一展歌喉
白帆模样的亭子旁
鹅黄柳条随风起舞
水湄是律诗的韵脚
山石是美文的点注
灌木丛里藏身的小刺猬
悄悄画着自己的线索图

向东可到飞机场
北大门毗邻北二路

往南直达火车站
东大门正对庐山路
家住利丰花园
度假休闲何须外出
花园连着公园
吸引街道更多的居民光顾

享受春天的温暖
家住利丰，赞美利丰
关注企业文化
锚定目标，赋能利丰
以百年的名义
相约利丰，与胜利同行

写给中国石化成立四十年

耿庆昌（胜利油田）

2021 年金秋十月
习近平总书记来到中国石化胜利油田
铿锵指航
“能源的饭碗必须端在自己手里！”
领袖嘱托
心灯点亮
四十年
您始终把祖国的责任
扛在肩
记在心
流下了多少砥砺前行的汗水
又有多少追梦的故事
一条心
一条路
四十年
弹指一挥间
四十年
祖国的梦想
就是您前行的方向
为建设国际化大公司
在为美好生活加油路上
牢记嘱托　不辱使命
百万员工齐著华章
再铸辉煌

悼念父亲

徐国方（胜利油田）

一

一直想为父亲写首诗
写他一米六的身高
和梦里三千里的咳嗽
写他的腰弯曲的角度
左手被钢铁砸伤的无名指
左胸支架支起心跳
写他的目光，看什么都藏着畏惧

写他顺从刀子
心甘情愿做了一辈子草
就像做了一辈子饭
偶尔放多盐
还像考试不及格的孩子
写他的话越来越少
一口失声的老钟
一枚过不了河的卒子

写他花岗岩的墓碑
这辈子，终于还是破费了一次
写他怕冷，于是
藏进火里
躲进土里

二

我一直认为父亲是被我杀死的
那一刻，我用氧气罩堵住了他的嘴
堵住他和这世界唯一的通道

我这卑鄙的凶手
竟然把肺叶托付给付费的氧气
自始至终，都不知道那会噎死人的
病床另一边的妻子
提醒我父亲可能有话要说
而我没有给他机会
到最后也没有撤掉氧气罩
我这卑鄙的凶手
剥夺了父亲说最后一句话的权利

此刻，跪在父亲的墓前
我这卑鄙的凶手
就像等待被枪决的囚徒

三

父亲走后，我只有躺在他的床上才睡得踏实
这张宽一米五、长两米的木床
藏着他已被火化的抬头纹
那一根根木梯子，我和妹妹曾踩着爬到高处
看远处山水如画、人流如织

此刻，躺在父亲躺过的床上
为他写诗
我迟迟不敢动笔
父亲腰不好
怕一翻身，就碰疼了他
我用枕头挡住泪水，轻唤了一声
——爸爸

附录　第五届中国石化诗歌创作大赛获奖作者和作品名单

一等奖·15 首（组）

雪花和诗歌在大漠上飞（组诗）	樊俊利（胜利油田）
石油，流淌的河流（组诗九首）	璎　宁（胜利油田）
和月亮一起巡井（组诗）	王　秉（河南油田）
巡线札记（组诗）	陈锡让（中原油田）
石油荒野上的一些短歌（组诗）	温昌华（胜利油田）
河尾叙事（组诗）	张宏德（胜利油田）
大河流韵（组诗）	毅　剑（中原油田）
我们，在家之外的祖国奔走（组诗）	铄　城（胜利油田）
朝霞漫天（组章八题）	张君亭（胜利油田）
深蓝色从蓝色里站起来（组诗）	王军辉（胜利油田）
诗与思：在城市工作的石油人（组诗）	尹　聿（河南石油）
春　曲（组诗）	刘能国（江汉油田）
石油史（组诗）	黄　慧（江汉油田）
透过纳米级的显微镜	徐智华（石油工程）
一个人的月光（组诗）	咔　咔（胜利油田）

二等奖·20 首（组）

从卡日曲到入海口（组诗）	李　滨（胜利油田）
石油蝴蝶（组诗）	任　真（胜利油田）
回归荒原	墨　兰（胜利油田）
石油岁月（组诗）	尹希东（胜利油田）
塔克拉玛干的风景	王　鹏（石油工程）
钻塔情（组诗）	冯建州（石油工程）

在冷湖补胎（组诗） 戈　青（石油工程）
跟随一只鸟走进田野（诗两首） 朱蜀英（胜利油田）
一个采油女工的表白（外二首） 肖长华（江汉油田）
黄色的笔写在蓝色大海上（外五首） 吴朝标（胜利油田）
齐心完成新时代石化责任书（组诗） 李继增（中原石化）
在春天，邂逅一棵采油树（组诗） 刘贵娟（中原油田）
追　梦（组诗） 齐　帆（齐鲁石化）
写给油站的情书（组诗） 高鹏飞（山西石油）
又见新春 马祥民（胜利油田）
月亮的背面——致敬奋战一线即将退休的她 杜立慧（胜利油田）
坚持爱着（组诗） 彭松江（江汉油田）
在科威特录井 孙宝华（石油工程）
石油人散章 刘同军（石油工程）
石油工人的十二月 王姜华（胜利油田）

三等奖·26首（组）

一位石油工人叫老杨（外一首） 段昌萍（胜利油田）
8.9平方公里的诗行（组诗） 刘　博（长岭炼化）
沸腾的胜利油田（组诗） 黄　凯（胜利油田）
河从家乡来（组诗） 邹会莉（胜利油田）
行走的工衣（外一首） 朱东英（胜利油田）
稼穑系列之桑梓（外三首） 黄龙江（河南石油）
太阳缓缓升起（外五首） 张秉正（江汉油田）
石化日常微妙的时光（组诗） 任厚毅（胜利油田）
中国石化：向祖国报告 田传朝（中原油田）
脊　梁（组诗）——献给中国石化辉煌四十年　老　弦　蓝　蓓（茂名石化）
遍地盛开石油花（组诗） 齐鲁明（胜利油田）
石油人的秋天（组诗） 李长宇（胜利油田）
大风歌（组诗） 葑凌渡（胜利油田）
北方的知了（组诗） 沈顺万（胜利油田）

奔跑的列车（外一首）　孙志惠（胜利油田）
一滴水的浪漫　姜化明（胜利油田）
石油之光：致敬油田战士　李新波（胜利油田）
站在东经 118°50′，北纬 37°43′ 的那个男人　林月楼（胜利油田）
山间荔色（短诗一束）　许荣波（茂名石化）
风起芦花飞（外二首）　刘　坚（胜利油田）
朗诵诗两首　褚庆雨（胜利油田）
一点痴（外一首）　樊军伟（胜利油田）
一线采风之清河（组诗）　玮　子（胜利油田）
以百年的名义　关脉凌（石油工程）
写给中国石化成立四十年　耿庆昌（胜利油田）
悼念父亲　徐国方（胜利油田）

优秀奖·27 首（组）

风雨兼程石化人　彭娇妍（荆门石化）
砥砺奋进四十载，再创辉煌新征程——致敬中国石化成立 40 周年　滕丽娜（西南油田）
石油是一条奔腾的血脉　孙超群（江汉油田）
理想的火炬　崔军峰（洛阳石化）
他和她　谢育强（洛阳石化）
与时代共成长（外一首）　李新生（洛阳石化）
暗与暗的延伸（组诗）　刘　冉（胜利油田）
江　南　窦　业（胜利油田）
石油红　姚振宁（胜利油田）
金秋颂歌　靳方坛（胜利油田）
七月上　常　佳（胜利油田）
水（诗两组）　王　瑾（胜利油田）
夏　日　宋　勇（胜利油田）
鸵鹤山，我把这里爱过（组诗）　李雪梅（长岭炼化）
向党报告　达小红（镇海炼化）

永不熄灭的微光　赵文成（胜利油田）

鏖　战　冉海燕（江汉油田）

基层写真（组诗）　卓德民（中原石化）

四十年风雨兼程　贾雪梅（中原油田）

非凡石化四十年　魏利民（中原油田）

再铸辉煌——写给中国石化成立四十周年　杨红苏（中原油田）

致敬，普光气田！（组诗）　郝敏芳（中原油田）

中原红（外一首）　孙宽迎（中原油田）

钻塔岁月（组诗）　杨　峰　李焕军（中原油田）

有一种　陈静慧（天津石化）

胜利的光芒（诗歌）　李　霞（胜利油田）

丰　碑——献给中国石化成立四十周年、胜利油田勘探开发建设六十周年　王晓丽（胜利油田）